JAVIE

EL GENERAL VON RICHTHOFEN

(Y SUS VIAJES EN EL TIEMPO)

El general Von Richthofen (y sus viajes en el tiempo)

Todos los hechos que pueden ocurrir a un hombre,
desde el instante de su nacimiento hasta el de su muerte,
han sido prefijados por él.
Así, toda negligencia es deliberada,
todo casual encuentro una cita,
todo fracaso una misteriosa victoria,
toda muerte un suicidio.

(JORGE LUIS BORGES, *Deutsches requiem***)**

El espacio cuadrimensional, sería, si quisiéramos imaginarlo,
la repetición infinita de nuestro espacio,
como la línea es la infinita repetición de un punto".

(PETER DEMIANOVICH OUSPENKY)

PRÓLOGO:

LA GUARIDA DEL LOBO (1944)

DIARIO DE WOLFRAM VON RICHTOFFEN

(Fortaleza-Presidio de Bad Ischl)

No fue un sueño. O no sólo un sueño. Sé que pasó. Sé que fue real. Yo estaba en a misma sala que Adolf Hitler cuando se abrió la puerta. Vi que el Führer se volvía y le daba la mano al asesino casi sin darse cuenta. Estaba como ensimismado, escuchando de uno de los Jefes del Estado Mayor el relato pormenorizado del hundimiento del Frente Oriental. Era definitivo. Alemania, cogida en una tenaza por los rusos desde el este y por los Aliados desde el oeste, daba sus últimos y agónicos pasos. Así que cuando le presentaron a Claus Von Stauffenberg, un joven oficial que acababa de ascender a coronel apenas tres semanas antes, le dirigió una mirada distante y un apretón de manos, antes de volver a concentrarse en los desastres militares que asolaban a su antaño invencible ejército.

—¿Ves? —me dijo al oído el Conductor de Almas—. Ese Stauffenberg es uno de los cabecillas de la conspiración. En unos minutos esta cabaña habrá saltado por los aires y apenas quedará nada de tus compañeros, salvo un montón de astillas cubiertas de obscenos pedazos de carne y sangre.

Obviando la cháchara del Conductor, me volví hacia el recién llegado, que estaba tomando asiento no muy lejos de donde nos encontrábamos, al final de la larga mesa de conferencias donde se escenificaba nuestra reunión. Contemplé con detenimiento el rostro tenso, concentrado, de Stauffenberg. A pesar de su juventud, la guerra había hecho estragos en su cuerpo, del que pendía un único brazo enguantado. Asimismo, un parche cubría su ojo derecho, otorgándole un aspecto amenazador. Hacía poco tiempo que se había recuperado en un hospital de campaña de las heridas sufridas en la batalla de Túnez, donde su vehículo pisó una mina inglesa y saltó por los aires.

—Entiendo que odie al Führer, cuando esta maldita guerra le ha convertido en un remedo de sí mismo —le dije al Conductor de Almas. Éste asintió, pues ambos podíamos leer en sus ojos la rabia contenida con la que miraba a Hitler, aún concentrado en el informe de nuestras posiciones en el Frente Ruso.

—¿Decía algo, Mariscal Richtoffen?

Me volví. El coronel Brandt, inclinado sobre un mapa, me miraba fijamente.

—¿Perdón, coronel?

—Es que acabo de oírle decir algo del Führer y de la guerra —me explicó Brandt. Parecía intrigado—. Pensé que hablaba conmigo.

—En realidad, hablaba solo —reí, tratando de restar importancia al asunto—. Cosas de los aviadores, que nos pasamos la vida en las alturas y nos cuesta descender completamente al mundo real. Ya sabe.

No sé si resultó creíble mi explicación. Sin perderme de vista, Brandt regresó al plano que estaba estudiando, luego de dedicarme una tibia sonrisa, y yo traté de distraer mi atención contemplando indolente, más allá de los ventanales, el tupido bosque que nos rodeaba. La Guarida del Lobo era el mayor de los cuarteles generales del Tercer Reich, con casi un centenar de edificios, al menos la mitad búnkeres fortificados, a los que circundaba una extensa masa forestal y un perímetro defensivo sembrado de minas y alambradas. Disponía, además, de un pequeño aeropuerto anexo. Todas aquellas instalaciones habían sido construidas tres años atrás al objeto de servir de apoyo a la ofensiva contra los bolcheviques, pues se hallaban en la parte más oriental de Alemania, Prusia, en un pequeño pueblo llamado Gierloz.

—Mejor que en adelante no me dirijas la palabra, idiota —terció el Conductor de Almas, con voz iracunda—. Ya te dije que ellos no pueden verme ni oírme. No mientras permanezca en el horizonte de eventos del agujero de gusano.

Horizonte de eventos era una de las crípticas expresiones que desgranaba mi interlocutor y que yo ni entendía ni pretendía comprender. Yo había penetrado en aquella sala por la pared que ahora tenía a mi espalda. El Conductor de Almas todavía permanecía allí, y desde su atalaya nos vigilaba.

Ahora no recuerdo por qué le llamaba el Conductor de Almas. Fuera cual fuese su verdadero nombre, se trataba de alguien no mucho mayor que el propio Stauffenberg o que yo mismo. Difícilmente pasaría de los cuarenta años, pero podría haber tenido un centenar y no me hubiera extrañado, pues parecía conocer hasta el detalle más insignificante de la existencia de cuantos me rodeaban en todo momento, como si ya hubiera estado allí, como si todo lo hubiera vivido dos veces. Su rostro afable, de facciones suaves y redondeadas, su bigote poblado y bonachón, no podían ocultar el hastío terrible con el que vivía a cuestas: el hastío del conocimiento.

—Sí, sí claro... —le respondí torpemente.

11

—Calla, por Dios, y atiende —me chilló el Conductor—, que la representación llega a su fin.

Las miradas de Brandt no habían perdido un ápice de suspicacia cuando Stauffenberg se levantó de su silla y, pretextando que estaba a punto de recibir una importante llamada telefónica, abandonó la reunión, pasando camino de la puerta por la espalda del propio Brandt, del general Korten, del general Heusinger, que era quién estaba leyendo su informe en aquel instante, y por último del propio Adolf Hitler, que se hallaba sentado en el centro de la larga mesa de roble, flanqueando la entrada a la sala de reuniones.

—Y ahora mira al suelo, a tu derecha —ladró el Conductor.

Freyend, el ayudante del General Keitel, acababa de llegar a la reunión y ocupado un sitio junto a la silla vacía de Stauffenberg. Sobre el piso de madera encontró olvidado el maletín del coronel. Solícito, lo apartó hacia el centro de la mesa de reuniones, apoyándolo en la pata derecha.

—La bomba —me susurró, bajando la voz. Pero ya lo había comprendido sin necesidad de su ayuda.

El tiempo parecía transcurrir más lento. Sólo se oía la voz almibarada de Heusinger tratando de encontrar algún sentido estratégico a la retirada iniciada por Alemania en todos los frentes de la guerra. Tragué saliva. Estábamos apunto de morir y el Conductor de Almas había callado, como un espectador durante la escena decisiva de una película. Yo sabía que estaba entusiasmado, como si estuviera a punto de sucedernos algo maravilloso a todos nosotros.

—¿Y ahora qué, maldita sea, salimos corriendo? —pregunté a mi acompañante en un tono muy quedo, aunque crispado, presa de la excitación. Sabía, empero, que Brandt no me quitaba el ojo de encima,

12

probablemente pensando que estaba al borde de una crisis nerviosa y hablaba con Conductores de Almas imaginarios que se escondían tras las paredes.

—¿Irnos? ¿Estás loco? Hemos venido a buscar mis diez minutos y no los veo por ninguna parte. Tal vez, luego de la explosión...

—¿Luego? Luego estaremos muertos, pedazo de cretino.

—Le das mucha importancia a la muerte, precisamente tú, al que debería traerle sin cuidado, amigo mío, teniendo en cuenta tu estado de salud — insistió el Conductor—. Debemos encontrar esos diez minutos o estaremos perdidos. Eso es lo único que cuenta.

Me estiré de los cabellos de pura desesperación. ¿Diez minutos que no estaban? ¿Qué le pasaba a mi salud? ¿De qué demonios estaba hablando?

—Estamos perdidos de cualquier forma, ¿es que no lo ves? Esos diez minutos tuyos, sean lo que sean, no los encontraremos si estamos muertos y enterrados.

—Es que hay una cosa que no comprendes, Wolfram... —comenzó a decir mi interlocutor, pero alguien le interrumpió. Era Brandt, que había abandonado por segunda vez su examen de los mapas y se había vuelto para apoyar una mano en mi hombro.

—¿Todo bien, Mariscal? —dijo, con semblante preocupado.

—No, nada esta bien, coronel, es que...

La explosión nos despidió a todos por los aires. Desaparecieron puertas y ventanas, sillas y mesa de reuniones, hombres, mapas e informes, todos tragados por una lengua de fuego verde anaranjada. Pensé en Von Stauffenberg, sufriendo los efectos de una mina dentro de su vehículo en Túnez y tomándose ahora su cumplida venganza. Luego dejé de pensar y sentí que caía, que me

13

deslizaba interminablemente. De pronto, alguien me cogió de la mano. Era el Conductor de Almas, que había abandonado su precioso horizonte de eventos para intervenir por fin en nuestra pequeña farsa. Luego de incorporarme del suelo me señaló al fondo, donde el Führer avanzaba entre los escombros y se abrazaba al general Keitel.

—Esos dos son los únicos que saldrán ilesos del atentado, aparte del Oberst Vorbe Wusste, uno de los ayudantes —me dijo, desilusionado.

En efecto, Hitler apenas si tenía unos rasguños superficiales y le sangraban las orejas; por lo demás, los pantalones estaban chamuscados, mostrando unos calzoncillos blancos anormalmente largos. Los otros no habían tenido tanta suerte: a Brandt le había arrancado una pierna la explosión y estaba balbuciendo alguna cosa sin sentido cuando perdió el conocimiento; un general de la Wehrmacht, irreconocible salvo por su uniforme, agonizaba en un charco de sangre; una figura completamente calcinada pasó aullando a nuestro lado e impactó con uno de los muros, cayendo al suelo, donde se retorció hasta la muerte. Otros habían perdido varias extremidades, superiores e inferiores, y se lamentaban en un coro ominoso que me hizo estremecer.

—Los libros de historia cuentan que Brandt saltó en pedazos en el atentado—prosiguió el Conductor de Almas mirando fijamente dos cronómetros de precisión que sujetaba en la palma de sus manos—. Tu aparición le ha hecho modificar su posición y ha causado un pequeño cambio en el curso de la historia. Pero los diez minutos siguen ahí. Aunque, ¿por qué no iban a estar? En realidad, ni siquiera sé qué estoy buscando. Tenía la esperanza de que Hitler hubiese muerto de haber estado tú en esta reunión y que en esa discrepancia estuviesen los minutos que se han perdido. Pero me equivocaba. Venir aquí ha sido un error.

Otra vez los diez minutos. Siempre estaba con lo mismo. ¿Y qué quería decir con "De haber estado tú en esta reunión"? ¿Acaso no lo estaba ahora? ¿O es que? Dios, nada tenía sentido. De pronto, tomé conciencia que yo mismo estaba ileso, y no como Hitler o Keitel, sino que mi cara no tenía ni un arañazo y mi uniforme estaba limpio, sin rozaduras, como si acabasen de entregármelo bien planchado y almidonado.

—La explosión no nos ha afectado. ¡Es un milagro! —exclamé, maravillado, mientras me pellizcaba los brazos y el abdomen para comprobar si todo estaba efectivamente en tu sitio.

—Es el principio de Coherencia. No puede pasarte nada si en realidad nunca estuviste aquí.

—¿Que no estuve aquí? —repliqué— Estoy aquí y ha faltado bien poco para que me dejase la piel. Esa es la única verdad.

El Conductor de Almas exhaló un profundo suspiro.

—Como trataba de decirte antes de que el pobre Brandt me interrumpiese, hay una cosa que no comprendes, amigo Wolfram.

No pregunté de qué se trataba. Sabía que no deseaba oír la respuesta. Así que me tapé los oídos y me volví hacia lo que quedaba de la pared por la que habíamos llegado, ahora ennegrecida por la explosión. Cobarde, hice ver que no le había entendido cuando me dijo:

—Nosotros no pertenecemos a este tiempo ni a este lugar. Moriremos sí, y muy pronto, pero donde nos corresponda. Muy lejos de aquí, puedes estar seguro.

Y entonces, sencillamente, me desvanecí, como si un Dios perverso hubiese apagado el interruptor.

Desperté de nuevo en prisión, este lugar horrible donde cumplo mi condena por haber sido un Mariscal del Reich alemán.

Por eso explico en mi diario este sueño, lo que sea, antes de que se me olvide, como pasa a menudo. Porque he pensado que debía recordarlo. Tal vez sea algo importante. Algo que explique lo que me está pasando.

LIBRO PRIMERO:

UN VACÍO EN EL CEREBRO

1

JOSE MARÍA GIL ROBLES

(1964)

Un coche les vino a recoger a la estación. Pilar estaba muy seria y lanzaba a su esposo miradas de soslayo, como si quisiera expresar alguna cosa y no se sintiera capaz. Todo el viaje había estado de un pésimo humor. Cada vez que el tren pasaba delante de un cartel que señalaba el emplazamiento de un Campo Baldío su gesto se torcía, su boca se curvaba hacia abajo, deformando aquel rostro tan hermoso que el Mariscal Von Richtoffen amaba por encima de todas las cosas.

—¿Te pasa algo, cariño? —dijo Wolfram, haciendo una seña al chófer, que le reconoció y se detuvo junto a un bordillo.

Se trataba de un automóvil oficial de las SS, uno de los nuevos Mercedes Benz con los que Goering había reformado la flota de vehículos de todos los ministerios y divisiones del ejército. Desde que Hitler murió de infarto a los setenta años, aquel gordo engreído pretendía cambiarlo todo en el Reich que había heredado, como si todo lo que oliera al viejo Adolf le quemara entre las manos.

—No me pasa nada —dijo Pilar, pero su tono decía: "sí, me pasa algo, pero deberás insistir un poco más". Aunque sólo un poco, por supuesto.

—Vamos, nos conocemos ya lo suficiente tras todos estos años de matrimonio. Sé que algo te ronda la cabeza y tú sabes que yo lo sé. Dímelo y acabaremos antes.

Pilar resopló. Del Mercedes se apeó un soldado que recogió su equipaje y lo depositó en el maletero. Se presentó y dijo que se llamaba Vorbe Wusste. Ya le habían destinado a su servicio en un anterior viaje a Ostmark, la Marca Este de la Gran Alemania. Wolfram recordó que era un sencillo Mann-SS pero que lucía una Cruz de Hierro de primera clase, una valiosa insignia ganada sin duda en la Segunda Guerra Mundial, un conflicto olvidado, casi dos décadas atrás en el tiempo. Sonrió para sus adentros. Un veterano que había ascendido y descendido del escalafón y ahora acababa su servicio como chófer de personalidades de visita en Viena. A Von Richtoffen le gustaban los viejos soldados. Ellos y sólo ellos entendían lo que había sufrido la Alemania nazi para liderar la Europa que caminaba con paso firme hacia el siglo XXI.

—No me pasa nada —insistió Pilar, testaruda.

Von Richtoffen decidió que debía tomar la táctica contraria. Mostrarse indiferente al gesto de su esposa. Esa sí que no fallaba nunca.

—Entonces, estupendo. Vamos al partido y luego a hacer un poco de turismo en Viena. Ya verás qué bonito es el...

—¿Bonito? ¿Piensas que estoy para ver cosas bonitas? ¿No te has dado cuenta de lo preocupada que estoy?

Wolfram pestañeó, fingiendo ignorancia.

—Pero si has dicho que no te pasaba nada.

El Mann-SS Vorbe Wusste se cuadró mientras les abría la portezuela del vehículo. El Mariscal estaba sonriendo mientras se sentaba en un mullido asiento de cuero. Pilar, junto a él, echaba chispas por los ojos.

—¿Al Praterstadion, señor? ¿O prefieren pasar primero por el hotel? —dijo una voz marcial y estentórea.

Wolfram reflexionó un breve instante.

—Vamos un poco justos de tiempo. Mejor primero asistimos al partido de fútbol y luego, de vuelta, nos lleva al hotel.

—¡Sí, señor!

El coche se puso en marcha instantes después. Pilar miraba por la ventana, todavía con el semblante ceñudo. Fue Wolfram quién cedió, finalmente.

—Por favor, amor mío. Dime qué te preocupa.

—No quiero que vayas a ver ese partido.

—¿No quieres? ¿Y me lo dices ahora?

Wolfram no daba crédito a lo que estaba oyendo.

—He tenido un presentimiento mientras íbamos en el tren. Va a pasar algo terrible. Lo sé.

—Pero, cariño. No debes tener miedo. El ejército ha organizado personalmente la seguridad del recinto y de todos los invitados.

—No tengo miedo de un atentado ni de nada por el estilo. Además, ¿hace cuánto no hay un atentado en la Gran Alemania? No quedan opositores vivos.

Wolfram se aclaró la garganta un par de veces. Se detuvo y carraspeó de nuevo, preocupado. Trató de encontrar los ojos del conductor a través del espejo retrovisor. Éstos parecían fijos en la carretera, ajenos a la conversación que se desarrollaba en el asiento de atrás. Pilar tenía la mala costumbre de decir siempre una palabra de más cuando debía decir una de menos. Al fin y al cabo, era española.

—Bueno, bueno... dime entonces de qué tienes miedo.

—No lo sé. Es la misma impresión que tuve en Guernika el día del bombardeo. La misma que tengo cuando veo uno de esos Campos Baldíos. Algo va mal, muy mal. No sé lo que es. No sé dónde. No sé cuándo. Pero algo terrible pasará... y muy pronto.

—No sé qué decirte, mi amor. Es que...

Wolfram se había quedado sin palabras. La sola mención de la palabra Guernika le ponía nervioso. Durante la Guerra Civil Española aquella ciudad vasca había sido arrasada por los aviones alemanes de la Legión Cóndor, unidad en la que él servía por aquel tiempo. Pilar había perdido a su hermana pequeña y a toda su familia en el ataque. Años después, cuando se conocieron en Madrid, el tema no surgió hasta que ya estaban enamorados. Ella nunca se lo tuvo en cuenta, pero para Wolfram Von Richtoffen era una espina clavada en su corazón. Se sentía en deuda con la mujer a la que amaba. Tenía la sensación de haberle arrancado una parte de su vida y de su infancia.

—No debería haber hablado de Guernika —estaba diciendo en ese momento Pilar, que había advertido su turbación—. Perdona. Tú no estuviste en el bombardeo, ni comandabas ninguno de los Heinkel, Junker o Messerschmitt que perpetraron aquella masacre, ni diste la orden. No pienses más en ello.

Pero soy responsable, pensaba Wolfram. *Soy el responsable. Aunque tú no lo sepas. Aunque nadie lo sepa. Jamás lo diré en voz alta, y menos delante de ti. Pero yo soy el responsable del bombardeo de Guernika.*

—Has dicho —murmuró entonces Wolfram, inspirando profundamente— que tienes la misma sensación que entonces. Explícate.

—Peligro. Siento que va a suceder una desgracia. Como entonces. Lo recuerdo bien —Pilar calló un breve instante, mientras buceaba en ese lugar oscuro llamado memoria—. Era un día soleado y había gente en la calle, camino de los campos, con las azadas en la mano. Uxue y yo jugábamos delante de casa. Cuando sentí esto mismo que ahora me domina... llamé a mi hermana y escapamos al desván incluso antes de que las campanas de la Iglesia tocasen a arrebato. Sentí el peligro. No necesité ver al primero de los aviones que sobrevolaba la ría. Muchos corrieron a refugiarse al distinguirlo. Los centinelas hicieron señales para avisar a todos. Yo no necesité nada de eso.

—Lo presentiste.

Wolfram había repasado mentalmente hasta la saciedad aquella historia que le había explicado su esposa por primera vez once años atrás. Se informó incluso investigando entre los antiguos camaradas de entonces. Lo que contaba Pilar era cierto. Su calle fue barrida en la primera lluvia de bombas incendiarias de la escuadrilla de los Heinkel. Si no hubiesen reaccionado más rápido que nadie, refugiándose en el desván, las dos habrían muerto, como la práctica totalidad de sus vecinos. Por desgracia, Uxue no sobrevivió a sus heridas. Sólo Pilar pudo contarlo.

Y allí estaba, removiendo aquella herida que pesaba en el corazón de su esposo como ella no podía imaginar.

—Lo presentiste —repitió Wolfram—. Y ahora sientes lo mismo. ¿Es eso?

—Sí, es la misma sensación de peligro que me aprieta en las entrañas cuando veo uno de esos Campos Baldíos. Algo va mal. Y ese algo indefinible tiene que ver con nosotros dos.

Wolfram meneó la cabeza, sorprendido.

—Los Campos Baldíos son un efecto de la desertización del planeta. Científicos de todo el mundo están investigando el fenómeno y, en cualquier caso, ni tú ni yo tenemos nada que ver, ni remotamente, en todo ese asunt...

—Vamos, Wolfram —le interrumpió su mujer—. No soy tonta. Sé bien el férreo control que ejerce sobre los medios de comunicación tu Gran Alemania, pero todas esas explicaciones tranquilizadoras desafían a la razón. Están apareciendo pequeños desiertos de pocos kilómetros en países fértiles, lluviosos, tanto como en áridos o de clima mediterráneo. A pocos metros puede haber un lago o un río, pero esas regiones permanecen muertas, como si alguien las hubiera fulminado. Además, no le pasa desapercibido a nadie que las cerráis a cal y canto y colocáis vallas electrificadas para que nadie se atreva a traspasarlas. Como si fuese una epidemia que pudiera contagiarse.

Pero Wolfram no quería hablar de los Campos Baldíos. Era un tema que le sobrepasaba y acerca del que no tenía mucha más información que su esposa. Estaba clasificado y sólo los más altos funcionarios del Eje tenían acceso.

—Lo que me explicas no tiene sentido, cariño. Sea lo que fuere que esté pasando con los Campos... ¿de verdad crees que tiene relación con nosotros?

—Relación no, es... es... —Pilar se señaló el estómago—. Es lo que siento, aquí dentro.

Wolfram se obligó a sonreír.

—A ver si al final hemos conseguido "eso" que llevamos tanto tiempo buscando y anda alguna cosa por ahí dentro que te pone nerviosa y te hace ver fantasmas.

Hablaba de su hijo. Por todos los medios habían intentado conseguir que se quedase embarazada. Por métodos naturales, acudiendo a médicos, donde fuera, aunque sin éxito, de momento. Pilar tenía ya treinta y cuatro años y deseaba ser madre desesperadamente. Wolfram, por su parte, era un hombre mayor, nada que ver con la deliciosa mujercita de ojos azules que le acompañaba. Tenía tres hijos de un anterior matrimonio que se había roto al mes de conocer a Pilar, a principios de mil novecientos cincuenta.

—Ojalá tengas razón. Ojalá pudiese darte el hijo que te mereces. Ojalá no estés en peligro, después de todo —dijo ella, lanzando un largo suspiro a modo de conclusión.

—¿Yo? ¿Sientes que yo estoy en peligro? ¿No tú?

Pilar asintió. Era la misma sensación que en Guernika, pero dirigida tan sólo a aquel hombre bueno que la hacía tan feliz.

—Bien —ahora Wolfram sonreía abierta, sinceramente—. Entonces no tienes de qué preocuparte. Yo soy un tipo indestructible. Éstas de aquí lo demuestran.

El viejo Mariscal se estaba cogiendo de la pechera de su traje, en el que resaltaban varias condecoraciones, como la Cruz de Caballero con Hojas de Roble o la Cruz de Hierro de primera clase. Eso pareció despertar de su mutismo al chófer, que llevaba colgada precisamente en el mismo lugar aquella misma insignia. Levantó la cabeza, la espalda muy erguida, orgulloso de compartir su posesión con uno de los Mariscales más famosos de la Gran Alemania, ésa nación que abarcaba desde Rusia a Inglaterra, desde Suecia hasta los Pirineos. Toda Europa excepto España, Italia, Rumanía y Hungría, el gran Eje fascista europeo. Dijo:

—Perdonen que les moleste. Hemos llegado al estadio —dijo Vorbe Wusste.

Pilar y Wolfram miraron al frente. Miles de aficionados se congregaban a las puertas del Estadio del

Prater, donde tendría lugar la final de la Copa de Europa entre el Barcelona y el Internazionale de Milán. Bufandas, banderas, camisetas con los colores azul y grana de los catalanes frente al azul y negro de los lombardos.

—¿Ganará el Barcelona su novena Copa de Europa consecutiva, soldado? —dijo Wolfram al conductor, que avanzaba buscando el aparcamiento para las personalidades. En realidad, estaba intentando dejar de lado el asunto de los presentimientos de su esposa.

—¿Lo duda? Ese equipo es el mejor de la historia. Desde que se inició la competición en mil novecientos cincuenta y cinco, suman ocho finales y todas ganadas. Esta es la novena. Son indestructibles. Kubala y Di Stéfano jugando juntos han formado un equipo de ensueño, completamente irrepetible.

—Dicen que el Inter se lo va a poner difícil este año.

—No tienen nada que hacer —insistió Vorbe Wusste—. Si hubiesen llegado a la final nuestros compatriotas del Dortmund, esos sí que hubiesen hecho sudar a los españoles. Pero cayeron en semifinales. Bah, una pena.

Siguieron hablando un rato de fútbol mientras buscaban su plaza de aparcamiento. Luego callaron, ensordecidos por la algarabía de los seguidores del Barcelona, que chillaban anunciando su próxima victoria. "¡Queremos la novena!", demandaban a los dioses del fútbol, con los brazos en alto.

—Cariño, por favor te lo pido: vámonos de aquí —dijo Pilar, al oído de su esposo, aprovechando la confusión.

Wolfram la miró desconsolado. Le hubiese encantado complacerla. Al fin y al cabo, ni siquiera le gustaba el fútbol. Pero el Presidente del Reich Español, José María Gil Robles, le había invitado en persona al palco de honor y se sentaría a menos de cinco butacas de él y de Goering. No podía rechazar un honor semejante. No sin caer en desgracia.

—Mi amor, ya sabes que...

Los gritos de los barcelonistas ahogaron el resto de la frase, justo en el instante en que Wolfram sentía por fin una pequeña parte de la turbación que agitaba a su esposa. Fue cuando reparó en algo que debería haberle puesto en guardia hacía tiempo.

¿Por qué me ha invitado el presidente en persona a ver la final entre el Barcelona y el Inter?

¿Por qué a mí?

—El mundo es un lugar extraño —dijo José María Gil Robles, ajustándose la montura de las gafas. Un gesto habitual en él. Se trataba de un hombre grueso, casi completamente calvo, de sobresaliente papada y unos ojillos perspicaces que brillaban al fondo de un rostro anodino, que sin ellos habría pasado completamente desapercibido.

Von Richtoffen tragó saliva. Afuera se oían los vítores de los aficionados. El Barcelona celebraba todavía su sexto gol. En una segunda parte eléctrica, había remontado el tres a cero inicial de los italianos, con goles de Mazola y Milani. Dos goles de Kubala, dos de Di Stéfano y uno de Kocsis habían colocado el cinco a tres. Un postrer autogol de Sadurní había apretado el marcador hasta el cinco a cuatro pero Di Stéfano, en una cabalgada imposible, que recordaba al joven argentino que llegó a España una década atrás, había colocado el seis a tres definitivo. Un partido para la historia. La novena Copa de Europa del Fútbol Club Barcelona.

—El mundo es un lugar extraño —repitió José María Gil Robles—. Muy extraño.

En el momento en que Di Stéfano marcó el sexto gol el presidente del Reich español se había levantado de la tribuna. Se formó cierto revuelo. ¿Por qué abandonaba su lugar justo antes de la proclamación del vencedor y la entrega de la Copa? Alguien pretextaba una indisposición. Se llegó al minuto ochenta y cinco en medio de un sinfín de rumores. Entonces, unos camisas azules de la CEDA vinieron a buscar a Von Richtoffen.

—¿Tendría la bondad de acompañarnos, Mariscal? Es un asunto urgente que precisa de su atención.

Pilar le cogió de la mano. Allí empezaba su presentimiento a ponerse en marcha.

—Por supuesto —dijo Wolfram, que no podía hacer otra cosa que obedecer. Al fin y al cabo, era y sería siempre un soldado.

Y ahora estaba allí, delante del máximo dirigente de España, en la sala de prensa del Praterstadion, un lugar que en menos de media hora se llenaría de representantes de medio mundo que intentarían entrevistar a los jugadores más famosos del planeta. Pero ahora estaba vacía, aparte de la presencia en segundo plano de varios hombres de la policía política del partido y otros tantos camisas azules. En primer plano, sentados a una mesa, él mismo y Gil Robles, que le miró con cierto abatimiento y repitió por tercera vez:

—El mundo es un lugar extraño, Mariscal.

—Sí, lo es —se sintió obligado a decir Wolfram.

Von Richtoffen sabía que sería una entrevista corta. En pocos minutos el Presidente tendría que salir a la tribuna. No podría invocar como excusa mucho más tiempo esa repentina indisposición que le había alejado de sus obligaciones. Lo que le preocupaba a Wolfram es que se hubiera tomado tantas molestias para entrevistarse con él a solas. Con o sin presentimiento, aquello no pintaba nada bien.

—A veces, en el bien está el germen del mal; y en el mal está el germen del bien —dijo Gil Robles, enigmático.

Wolfram calló, a la expectativa, convencido que aquello llevaría a alguna parte. Al menos, eso esperaba.

—Fíjese en la Segunda Guerra Mundial —prosiguió el Presidente—. De aquella destrucción terrible surgió la Pax Germánica que ahora vivimos, una nueva edad de oro para la civilización.

Si no fuese por los "Campos Baldíos", pensó Wolfram, pero permaneció en silencio. Al contrario que su esposa española, él sabía cuándo era el momento de decir una palabra de menos. Como un buen alemán.

—También sucedió con nuestra Guerra Civil en España —Gil Robles adoptó un tono áspero cuando dijo—: Es cierto que aquella carnicería fue corta, apenas un año, y que el Generalísimo Mola desbarató al ejército republicano con suma facilidad, gracias sobre todo a la prematura caída de Madrid. Así, del mal de la guerra surgió una nueva nación: el Reich español. Pero bueno, por desgracia hubo tiempo para sucesos tan desgraciados como su Guernika.

Al oír el pronombre "su" unido a la palabra Guernika, Wolfram se quedó agarrotado en su asiento, como si le hubiera atravesado un rayo. Gil Robles sonreía.

—Sí, mi querido Mariscal. Hace un tiempo, en Munich, tuve la ocasión de cenar con el Mariscal Sperrle, su superior en aquellos días trágicos de la guerra de España. Él me dijo que la idea de un bombardeo que exterminase a toda una población, hasta derribar los cimientos de cada casa, fue una idea suya y sólo suya. Se habían hecho intentos vagos para desmoralizar con bombardeos a la población civil, en Madrid sobre todo, pero nada como el terror de una ciudad destruida por completo, calcinada hasta el mismísimo tuétano. Una población, además, simbólica para nuestros enemigos en las vascongadas.

—Yo, yo... no... —balbució Wolfram.

—Oh, no se quite méritos. Sperrle pensaba precisamente que ese era su defecto: ser demasiado modesto. Eliminó en su hoja de servicios toda relación con el incidente Guernika, y eso a pesar de que hoy se estudia en las academias como el nacimiento de la guerra moderna, la guerra por el terror, que junto a la Blitzkrieg o guerra relámpago son los fundamentos de la escuela alemana. Es usted un precursor, un adelantado a su tiempo.

—Yo no diría tanto, Presidente.

—Ah, sigue siendo usted un hombre modesto. Sperrle tenía razón —Gil Robles volvió la cabeza. Un rugido y un pitido lejano. Tres pitidos en realidad. El partido había terminado. Haciendo un gesto de disgusto, prosiguió—: Y no sólo es usted un hombre modesto, sino un hombre con suerte. Mire si no a su esposa. Toda una beldad, casi una muchacha, una fuente de alegría inagotable para alguien de nuestra edad. Creo que ambos nacimos muy al final del siglo pasado. ¿No es verdad? Ojalá yo pudiera tener una mujer así de joven —Gil Robles suspiró—. Es española, ¿no es verdad?

Wolfram era un hombre curtido en mil batallas, y no sólo en las trincheras sino también en las dialécticas. Había conversado, no siempre amigablemente, con algunos de los hombres más poderosos de su tiempo. Ya había advertido cuál era el juego al que se había entregado José María Gil Robles. El juego al que quería que los dos jugasen. El presidente español no era el típico fanfarrón que te pide un favor imposible y luego te amenaza cuando te niegas. Él era más sutil. Primero te decía: *"sé que has borrado todo indicio de tu relación con la masacre de Guernika. Sé que lo has ocultado por tu mujer, que perdió a toda su familia en el bombardeo. Seguro que saber la verdad no ayudaría a vuestro matrimonio".* Y luego llegaba la conclusión: *"Te tengo cogido de los huevos y te los voy a apretar bien apretados a menos que hagas lo que te voy a pedir".*

Pero Wolfram no necesitaba jugar más a ese juego. No necesitaba que la segunda parte de la proposición fuese pronunciada y que nadie le apretase, literal o metafóricamente, los huevos. Porque él amaba a su mujer por encima de todas las cosas de este mundo.

—Estoy a su entera disposición, presidente Robles —dijo con toda franqueza—. Emprenderé la misión que desee, sea cual sea el peligro. Sin preguntas. Sin dilaciones.

—Maravilloso —dijo su interlocutor—. No esperaba menos de usted.

En ese momento uno de los camisas azules que habían traído a Von Richtoffen a la reunión, se inclinó junto al Presidente y le dijo algo al oído. Éste asintió y luego volviéndose hacia Wolfram, dijo:

—Tenemos poco tiempo. Tengo que regresar a la tribuna y hacer mi papel de feliz representante de mi país en la ceremonia de entrega de trofeos. Así pues, centrémonos en el encargo que quiero hacerle.

Gil Robles se incorporó.

—Hay una primera misión que le revelaré con más detalle dentro de una semana, cuando nos reunamos en Asturias. Ellos le dirán cuándo y dónde exactamente. —Hizo un gesto vago hacia sus ayudantes uniformados—. Pero en el marco de esa primera misión, oficial e internacional, pues seguramente habrá observadores de nuestros aliados europeos y hasta del Japón, tendrá que hacerme un servicio especial.

—Lo cumpliré gustoso.

—No será fácil.

—Aun así.

—Deberá engañar a su compañero de misión y realizar algo fuera de lo inicialmente planificado. Tal vez poniendo en peligro las vidas de ambos.

Wolfram reflexionó sobre aquello de "su compañero de misión". Pensó en preguntar de quién se trataba, pero en el fondo le daba igual. Lo único que le importaba era que Pilar jamás supiera de su relación con Guernika.

—Realizaré la misión encomendada, su servicio especial, sin hacer preguntas y sin dilaciones, como prometí hace un momento.

Gil Robles pareció por fin satisfecho.

—¿Ha oído hablar alguna vez del concepto de autarquía, del sentido autárquico de ciertas regiones de España?

Wolfram estaba sorprendido por el giro de la conversación. Pero trató de reaccionar y concentrarse. De algo le sonaba todo aquello, pero no era un experto en la política española.

—Lamento decirle que ahora no me viene a la cabeza.

—Es importante que lo entienda, ya que ustedes, en el territorio nacional alemán, no tienen nada de eso —hizo una pausa, como si reflexionase—. Antes de que yo asumiera la presidencia tras la muerte de Mola, no se llamaba a este peligroso asunto autarquía sino nacionalismo. Yo impuse el concepto de sentimiento o sentido autárquico, para referirme a aquellas regiones de España con una historia y lengua propias. Pues yo odio el término nacionalismo, porque incluye en sí mismo la idea de nación y a través de ella el sueño de la soberanía... y para mí no hay más nación soberana posible en España que la que yo presido.

«He luchado mucho, con denuedo, para salvaguardar a mi país. Primero contra los excesos republicanos y esa idea de democracia que da un voto a todo hijo de vecino como si todos fuésemos iguales; luego contra la dictadura militar que algunos quisieron instaurar al finalizar la contienda; finalmente pude restaurar el mejor régimen al que se puede aspirar: una oligarquía de hombres sabios que disponen lo mejor para el conjunto de los ciudadanos.

«Pero eso lo ha puesto en peligro el fútbol.

—¿El fútbol? —inquirió Wolfram, sorprendido.

—Sí, fíjese que ironía. A eso me refería cuando dije que a veces, en el bien está el germen del mal; y en el mal está el germen del bien. En esta ocasión, de algo bueno podría devenir el desastre. Y esto es porque el deporte se ha convertido en algo peor que el opio para el ciudadano medio. Lo es todo. Llega a su casa desde el trabajo, enfadado por la crisis, por esos Campos Baldíos que crecen como setas por todas partes y están arruinando la economía europea después de que nos levantásemos tras las guerras civiles o mundiales. Desesperados, vuelcan sus frustraciones en ese insensato juego en el que veintidós energúmenos corren detrás de un pedazo redondo de cuero. El fútbol. A los hombres sólo les importa el fútbol.

«¿Y qué se encuentran los españoles cuando encienden la radio o aquellos con suerte que tienen un televisor? ¿O en el bar? Que el Barcelona, símbolo de la autarquía catalana, lo está ganando todo, año tras año. La gente necesita ver al Real Madrid ganar títulos. Necesita que el Madrid, símbolo de España y no de nacionalismos autárquicos, lo gane todo. Yo lo necesito. Pero en su lugar tengo que subir cada año a un palco de una ciudad distinta a entregar el máximo trofeo a unos hombres que se han convertido en símbolos de algo que puede acabar con el estado español.

«Por eso pondremos punto y final a todo esto. Por eso haremos que no haya sucedido. Por eso debe usted intervenir.

¿De qué demonios estaba hablando aquel hombre?, pensaba Wolfram. ¿De fútbol, de política, de propaganda, de nacionalismo? ¿Se había vuelto loco? ¿O es que el fútbol era tan importante que podía realmente modificar el futuro y hacer caer estados como las revoluciones?

—Yo no sabría cómo intervenir en esos asuntos, señor presidente.

—Oh, claro que sabrá. Usted lo hará.

El hombre con camisa azul regresó junto a Gil Robles. Su gesto era perentorio. El Presidente debía acudir de forma inmediata a la tribuna para asistir a la entrega de la novena Copa de Europa al capitán del Barcelona: Alfredo Di Stéfano.

—¿Qué debo hacer exactamente?

Gil Robles ya se encaminaba hacia la salida de la sala de prensa. Se revolvió.

—Ah, es verdad. No se lo he dicho.

—Y es que no comprendo cuál ha de ser mi misión. De hecho, no he entendido gran cosa más allá de algunos conceptos vagos sobre política, si le soy sincero.

El Presidente le lanzó una sonrisa a modo de excusa. Era un hombre dado a la digresión, a dejarse llevar por el calor de su oratoria, de tal forma que a veces el mensaje quedaba en suspenso. Decidió ser todo lo claro que le fuese posible:

—En realidad, es sencillo, querido mariscal Von Richtoffen. Quiero que viaje atrás en el tiempo y evite que Di Stéfano fiche por el Barcelona.

Los siguientes días pasaron muy rápido para Wolfram: las quejas, los lamentos de Pilar; el viaje a Madrid en Avión y en tren a Asturias; los consejos de Gil Robles, la mayoría susurrados a media voz, acerca de la importancia de asegurarse de que Di Stéfano "jamás, bajo ninguna circunstancia, fichase por el Barcelona"; las explicaciones técnicas de un grupo de suspicaces científicos acerca del funcionamiento de la máquina temporal, explicaciones de las que Wolfram no entendió ni media palabra; de nuevo los presentimientos, las súplicas de Pilar; y por fin la reunión en la Sala de Estabilización, el lugar donde tendría lugar el experimento.

Todo resultaba tan irreal que Wolfram estaba seguro que estaba viviendo un sueño y no tardaría en despertarse.

Pero no se despertó. Detrás de una mampara de cristal, algunos de los más altos dignatarios del Eje le observaban, de pie, en la Sala de Estabilización, completamente superado por los acontecimientos. Pudo reconocer a Canaris, la mano derecha de Goering, representando a Alemania; a Gil Robles por España; a Ciano por Italia; a Codreanu por Rumanía y a Filov por Bulgaria. Destacaba de entre todos la figura de Yamamoto, el primer ministro Japonés, con un gesto concentrado y una mirada penetrante, de singular inteligencia, de la que los otros carecían. Y por fin, un poco alejada, junto a la pared del fondo, estaba su Pilar, con dos gruesas lágrimas corriendo por sus mejillas. Wolfram volvió la cabeza.

—¿Está preparado? —dijo Miguel Sañudo, un cincuentón de rostro cuadrado, gesto amable pero a la vez condescendiente, algo entrado en carnes.

Wolfram apenas había tratado con Sañudo, pero sabía que era el director del Complejo La Presa, que tomaba el nombre del pueblo asturiano donde se había encontrado el primer (y hasta ahora único) agujero de gusano del planeta. Una entidad que divergía completamente de cuanto los científicos habían especulado hasta la fecha de su descubrimiento, pues resultó ser no un atajo en el espacio-tiempo sino una entidad viva con una vaga consciencia, en cuyo interior coexistían todas las épocas de la historia de la humanidad. Al menos eso era lo que Wolfram había entendido, lo que no significaba que el "gusano" fuese ni remotamente algo parecido. Wolfram era una nulidad en física y en la mecánica cuántica en particular.

—No, no estoy preparado en absoluto —repuso—. Pero eso da lo mismo. ¿No es cierto?

—Supongo que sí, Mariscal.

—Por favor, tutéeme. Llámeme Wolfram.

Estaban los dos subidos a una plataforma, mientras a su alrededor resplandecían centenares de consolas. Algunas operaban raros instrumentos que se movían y titilaban en un frenesí de colores y de sonidos cambiantes. El Complejo estaba formado por tres plantas octogonales, enlazadas por una tortuosa red de ascensores que llevaban a ciertas plantas, o secciones de cada planta, dependiendo del nivel de seguridad del visitante. El primer y segundo piso estaban dedicados a tareas administrativas, gestión de datos, investigación, desarrollo y recursos humanos. El sótano albergaba el grupo eléctrico, las bombas y las calderas que suministraban energía al sistema. En la última planta, exactamente a setenta metros sobre el suelo y mil seiscientos cuatro sobre el nivel del mar, se hallaba la sala central, el corazón del sistema, el lugar donde se controlaba el agujero de gusano.

El lugar donde Von Richtoffen y Miguel Sañudo se hallaban ahora, esperando el momento para comenzar su odisea.

—El proceso de estabilización debería durar un minuto o dos más solamente —dijo Miguel, con un tono de voz que pretendía transmitir tranquilidad—. La segunda parte del proceso, durante el cual el sistema escaneará nuestros cuerpos antes de que penetremos en él, es bastante más largo, pero yo he penetrado en él otras veces y tengo el presentimiento de que tampoco será un problema tu presencia. En pocos segundos estará completado.

Wolfram enarcó una ceja.

—¿No has dicho que suele ser un proceso bastante largo?

—Algo menos de un cuarto de hora.

—¿Pero no en mi caso?

—Tengo el presentimiento de que no —Miguel le miró con intensidad—. ¿No te has preguntado por qué te han seleccionado precisamente a ti para acompañarme en este viaje?

Wolfram lo había pensado. Al principio creyó que necesitaban un conejillo de indias, alguien prescindible, para que se embarcase en una misión extraña y suicida. Pero Von Richtoffen era un hombre apreciado por el Alto Mando, en modo alguno alguien prescindible por un mero capricho. Además, hacía días que se había dado cuenta que muchos científicos del Complejo La Presa se morían de ganas de intervenir en aquel experimento en su lugar. Le envidiaban. Algunos incluso le detestaban por inmiscuirse en un terreno que creían propio de científicos y no de militares. Por último, aunque los que

37

manejaban aquel asunto turbio buscaran un conejillo de indias, habrían buscado un conejillo joven, que conociera mínimamente los entresijos de la mecánica cuántica y los viajes en el tiempo, en lugar de un viejo Mariscal alemán experto en tácticas de combate aéreo y logística.

—Bueno, le he dado vueltas a la cabeza sobre el tema. Pero mi deber es servir a mis superiores, no cuestionarme sus órdenes.

En realidad, lo único que le había impedido cuestionarlas era la amenaza de que su mujer conociera que fue él quién ideó el bombardeo de Guernika y asesinó a toda su familia. Pero era lo mismo, el caso es que no pensaba emitir una queja. Antes prefería morir que ver la decepción en los ojos de Pilar.

—El caso, amigo mío —dijo Miguel, haciendo largas pausas entre cada palabra—, es que estoy convencido de que el sistema reconocerá de inmediato tu presencia y no tendrá que escanearla de nuevo.

—¿De nuevo? —Wolfram le miró con la sorpresa dibujada en su rostro—. Yo jamás he estado aquí.

—Permíteme que lo ponga en duda.

Miguel le tendió un trozo de papel. Era una vieja cartilla militar del ejército alemán. Una cartilla de la Legión Cóndor.

—Es mi pasaporte militar, el que usaba cuando estuve en España, en la guerra. No recuerdo cuándo lo vi por última vez —Wolfram resiguió con unos dedos temblorosos su fotografía y los tres sellos estampados con un tampón azul en los que destacaba el águila real, símbolo del Reich—. Dime, ¿cómo lo conseguiste?

—Lo encontré dentro del agujero, la primera vez que alcanzamos el nivel tecnológico necesario para abrirlo, hace tres años, en mil novecientos sesenta.

Entonces una voz electrónica anunció: *Escaneo finalizado. Ambos viajeros reconocidos por el sistema. Pueden proceder.* Miguel dio un paso hacia adelante en la plataforma y se abrochó su bata blanca. Una oquedad se estaba abriendo a pocos metros. Hizo una señal a Wolfram para que lo siguiese. Éste seguía paralizado por las palabras de su interlocutor, por el sinsentido de la presencia de su cartilla dentro de un lugar completamente inaccesible para ningún ser humano hasta pocos meses atrás. Pero era un hombre de acción, no era el tipo de persona que no afronta una situación porque no la comprenda. Finalmente, se encogió de hombros y echó a andar.

—Viajaremos en el tiempo y encontraremos la causa de la aparición de los Campos Baldíos —dijo Miguel Sañudo—. Para eso y sólo para eso me han dado permiso para utilizar la máquina.

Wolfram ya lo sabía. Aquellos científicos remilgados le habían hablado durante horas de entropía, ondas estacionarias, principios de incertidumbre y paradojas autoconsistentes. No había prestado demasiada atención. Sólo le había quedado claro que se había descubierto que los Campos Baldíos no eran unos lugares desérticos como pensaba la gente, lugares vacíos de toda forma de vida, incluso a nivel molecular. Eran singularidades, regiones del espacio-tiempo que ya no estaban allí, que parecían haber dejado de existir porque ninguna magnitud física les afectaba: longitud, tiempo, masa, temperatura, etcétera. Todo aquello no existía en un Campo Baldío. Sañudo y su equipo pensaban que el misterio de su existencia o, mejor, de su no existencia, sólo podría resolverse utilizando el agujero de gusano y encontrando dónde se originó el problema. Por eso estaban allí.

Lo que nadie sabía aparte de él mismo y de Gil Robles era que también se usaría el agujero para un asunto nacional del Reich Español de tanta o más importancia que la posible desaparición del universo: el fútbol.

—Vamos allá —dijo Von Richtoffen, tratando de parecer convencido de lo que estaba haciendo.

Pero no lo estaba.

El agujero de gusano se abrió dos veces, brevemente, durante aquel accidentado viaje.

La primera vez lo hizo sobre el mismo pueblo asturiano, aunque veintiséis años antes en el tiempo. Los dos viajeros aparecieron en medio de un monte, muy cerca de un camino de tierra y de dos casas adosadas, ambas pintadas de blanco.

—En este lugar y en este preciso momento fue donde encontré el agujero de gusano e hice mis primeras verificaciones —dijo el científico—. Yo era apenas un muchacho recién doctorado. Estamos en los primeros meses de la guerra civil y por eso he pensado que...

No pudo seguir hablando. De su cuello manaba un líquido oscuro y denso. Miguel se palpó la herida con los dedos, que se tiñeron también de sangre. Cayó al suelo, muerto.

—¡Miguel! —gritó entonces Von Richtoffen, pero cuando se inclinaba un segundo proyectil impactó en su vientre, tirándolo hacia atrás.

—¿Por qué te entrometes? —dijo una voz que ascendía por la ladera, a escasos cincuenta metros. Hablaba en alemán con un fuerte acento renano— ¿Por qué sigues interfiriendo? ¿No ves lo que está pasando por tu culpa?

El hombre avanzaba entre sombras, tan sólo iluminado por una luna baja en su cuarto creciente. A aquella distancia, Wolfram no pudo distinguir su rostro.

—¡Tienes que morir, Von Richtoffen! ¡Tienes que morir! ¿No lo entiendes? —bramó esta vez el hombre y disparó de nuevo, fallando su objetivo, el corazón, por apenas un palmo y rozando el hombro derecho de su víctima.

Wolfram no lo pensó dos veces: reculó a gatas hasta el agujero de gusano y contempló cómo éste se cerraba tras él.

Pocos instantes después el agujero volvió a abrirse. Von Richtoffen, fiel como siempre a la palabra dada y a su misión, creyó que estaba emergiendo en un barrio de Buenos Aires, en mil novecientos cuarenta y cinco. Quería conocer a Alfredo Di Stéfano antes de que se convirtiese en jugador profesional de fútbol y convencerle, en vísperas de su debut con River Plate ante Huracán, para que "jamás, bajo ninguna circunstancia, fichase por el Barcelona". Las palabras de Gil Robles resonaban aún en su cabeza, así como la velada amenaza de revelar a su mujer que Wolfram era el asesino de su familia.

Pero él no sabía cómo funcionaba aquel agujero, o tal vez el gusano tuviera sus propios planes y le mandase no donde quería ir sino donde debía estar. El caso es que apareció en Rusia, en diciembre de mil novecientos quince.

Amanecía. Von Richtoffen trastabilló mientras avanzaba por un camino embarrado. Miró en derredor y vio a lo lejos un intenso fuego artillero abatiéndose sobre las posiciones del enemigo. ¿Qué lugar es éste?, pensó. ¿Qué guerra es ésta?

Pero no puedo preguntarse nada más. La herida era más grave de lo que pensó en un primer momento. En su tortuoso camino de destrucción, había perforado varios órganos internos y el bravo Mariscal, sin saberlo, agonizaba. Cayó de rodillas y levantó por última vez la mirada hacia las alturas, donde seguían avanzando interminables proyectiles camino de las trincheras enemigas.

—Te amo, Pilar Urbizu de Richtoffen —dijo, mientras se desplomaba agonizante. Cerró los ojos.

Murió dulcemente, pensando en los besos de aquella mujer maravillosa, dando gracias a Dios por haberla conocido.

Por desgracia, no se percató en ningún momento de la presencia de aquel oficial alemán que, apoyado en una piedra, apenas a medio kilómetro, tomaba apuntes y dibujaba trayectorias mientras contemplaba a intervalos aquel mismo fuego artillero. Acababa de leer un escrito que un joven muy brillante llamado Albert Einstein había publicado el mes anterior. Hablaba de algo llamado Relatividad y el oficial estaba fascinado con aquella teoría, tanto que trabajaba en una carta que pensaba escribir al propio Einstein, en la que le mostraría una solución práctica a sus especulaciones.

Y el oficial tampoco le vio, y siguió garabateando fórmulas, febrilmente, convencido de que acababa de realizar un gran descubrimiento.

Así, el doble sacrificio de Miguel Sañudo y Wolfram Von Richtoffen, en aquel primer viaje de ambos atrás en el tiempo, no sirvió para nada.

2

BAD ISCHL
(1 de Julio de 1945)

DIARIO DE WOLFRAM VON RICHTOFFEN
(Fortaleza-Presidio de Bad Ischl)

Mis dos celadores llegaron al mediodía, mientras yo contemplaba el paisaje desde mi ventana y escribía en mi diario. Recordaba y soñaba al mismo tiempo. Por un lado, me había despertado con la imagen de la explosión en la Guarida del Lobo, cuando estuvieron a punto de matar a Hitler y a medio estado mayor, entre cuyos miembros yo me encontraba aquel día. Pero la memoria había ido dejando paso al sueño, y ahora fantaseaba con volver a ser un hombre libre, con la posibilidad de que, más allá de los barracones de la fortaleza de Bad Ischl, fuera capaz un día de recuperar mi vida. Pero el sueño resulta vano frente a los gritos, los empellones y las camisas de fuerza. Con malos modos me vistieron con aquella prenda de loco que restringía mis movimientos y al cabo fui arrastrado fuera de mi celda: "Vamos, vamos, Wolfram, maldito nazi", me espetó uno de mis carceleros, el que parecía llevar la voz cantante.

43

Antes de que la puerta de mi celda se cerrase, quise entrever más allá de los barrotes la alta cima de la montaña Katrin, los grandes lagos que nos circundan o la hermosa Kaiserville, la Villa Imperial que los Padres de Francisco José I, soberanos de Austria y de Hungría, regalaron a su vástago y a su esposa Sisí. Casi pude sentir fugazmente el boato, la magnificencia de aquellas fiestas de antaño, o el burbujeo de las aguas salinas del balneario, otra de las grandes atracciones de Bad Ischl, la ciudad luminosa donde habré de terminar mis días, lejos de sus maravillas y de su resplandor, pero tan cerca que desde la tiniebla podría rozarlas con las yemas de los dedos si me atreviese. Ah, ése era el peor de los castigos al que los americanos me habían condenado; aunque sin saberlo, por supuesto. Así son ellos, un pueblo díscolo, impetuoso, que deja en manos del azar sus verdaderas victorias.

—¡Vamos, maldito nazi! ¡Nos esperan y tengo mucho que hacer! —El celador principal me arrastró, uno tras otro, por sinuosos pasillos. Yo sentía cómo gozaba de aquella situación: una fruición acaso elemental, de hombre rudo, simiesco, de nariz mínima, casi obtusa, y manos sudadas. Un hombre sin estudios, un patán que azuzaba sin miramientos a un oficial prusiano, a un hombre de honor, como si fuese un vagabundo de las calles. Perdón, se me olvidaba que como perdimos la guerra ya no somos hombres de honor sino... lo que sea que quieran llamarnos.

—¡No te entretengas! ¡Camina! —me chilló en inglés americano.

Había otros presos, acurrucados en sus miserables celdas, también otros guardianes, médicos y administrativos en el presidio Bad Ischl, pero ahora el universo entero gravitaba en torno a Wolfram Von Richtoffen, la bestia que camina secuestrada en su camisa de fuerza, a trompicones, víctima fácil del menosprecio y de la mofa.

—¡Te he dicho que no te entretengas! ¿Estás sordo, nazi del demonio?

No sé por qué aquella vez decidí enfrentarme al celador jefe. Tal vez por aburrimiento. Tal vez no pude soportar que siguieran tratándome como a un perro. Sea como fuere, yo conocía lo bastante la lengua de Shakespeare como para tener una conversación fluida, y decidí poner en práctica mis conocimientos.

—¿No podrías dejar de golpearme y dirigirte por una vez a mí por mi rango, el de Mariscal del Aire?

El hombre se detuvo. Alto, desgarbado y rechoncho, su figura se erguía desdeñosa sobre mí, mientras sus ojos giraban como platos. Al fondo, de un despacho, asomó una figura con el brazalete de la PM, la policía militar americana. Repetí mi pregunta, dirigida tal vez a mi nuevo interlocutor, esperando de él una brizna de dignidad, ya que de mis torturadores no la esperaba en absoluto.

—Tú no tienes rango, nazi —objetó el celador jefe—. Eres un criminal de guerra.

Negué con la cabeza.

—No puedo ser un criminal de guerra si aún no me han juzgado. ¿No te parece? En todo caso soy un presunto criminal de guerra, y merezco un trato militar acorde a mi carrera y graduación.

El celador extrajo un pliego de hojas del bolsillo derecho de su pantalón y me lo restregó por la cara. Al cabo, lo desenrolló y fue buscando página por página un párrafo en concreto. Cuando lo encontró, me soltó un último empellón y ladró, hinchando el pecho como si estuviese cuadrándose ante un invisible oficial superior:

—En ningún caso se dirigirán a los presos por su rango o jerarquía militar durante la contienda. Deberán tratarlos como a civiles a todos los efectos. Pero yo no quise rendirme. Me imaginé por un momento subido al estrado en el tribunal de justicia, atizando el rescoldo de las conciencias y clamando contra la tiranía que se obraba contra un oficial condecorado en tantas ocasiones que apenas podía enumerarlas.

—¿Y tenéis la costumbre en América de llamar maldito nazi a los civiles a vuestro cargo?

Al patán se le curvaron los labios en una sonrisa.

—No, sólo a los que son unos malditos nazis.

El otro celador, que hasta el momento se había mantenido discretamente en segundo plano, terció, a punto de echarse a reír:

—Además, creímos que ese era tu nombre completo: Wolfram... Fuckinnatzi[1]... Von Richtoffen.

Los dos celadores comenzaron a carcajearse sin disimulo en mis propias narices. Entretanto, el Policía Militar soltó una carcajada aún más estruendosa y regresó al interior de su despacho, sin duda para buscar un confidente al que explicar la cómica situación que terminaba de presenciar. Al fin y al cabo, acababa de contemplar un paso más en la degradación del antaño Mariscal más joven del Reich, un héroe de guerra, un ejemplo para los niños alemanes y un motivo de orgullo para sus padres. *Sí*, entendí por fin murmurando para mis adentros, *para esto se ganan las guerras. Para humillar a los vencidos.*

—¿Podemos continuar nuestro paseo, señor Mariscal del Aire Wolfram "maldito-nazi" Von Richtoffen? —inquirió entonces el celador jefe con voz

---

[1] Escrito en argot: Maldito o jodido Nazi

meliflua, tratando de parodiar mi acento, y deshaciéndose al cabo en una torpe reverencia. El resto del camino, mientras mis captores me empujaban aún con mayor saña y reían sin descanso, opté por permanecer en silencio y acatar mi destino; un destino que tal vez mereciese, después de todo.

3

ALEJANDRO LERROUX
(1964)

¿Nunca has tenido un Déjà vu? ¿La sensación de estar viviendo un momento, un lugar, un instante que ya ha sucedido? Wolfram Von Richtoffen, antiguo Mariscal del aire del Reich y hoy un respetable hombre de negocios, lo estaba teniendo en aquel preciso momento.

—Quiero que viaje atrás en el tiempo y evite por todos los medios que Alfredo Di Stéfano fiche por el Barcelona.

El que había hablado era Alejandro Lerroux, Presidente de la República Española. Pero Von Richtoffen tardó un momento en reaccionar, no por la extraña petición del anciano, ni por la fantástica alusión a un viaje al pasado. No, todo aquello, por algún motivo que se le escapaba, le parecía una cosa hasta cierto punto comprensible (tal vez se estuviera volviendo loco y aceptase las cosas más inverosímiles como algo razonable). Lo que le había dejado aturdido era esa sensación persistente de Déjà vu, como si ya hubiera estado allí, teniendo esa misma conversación... aunque... tal vez, sólo tal vez, no con el mismo interlocutor.

—¿Qué mira, señor Von Richtoffen? ¿Le pasa algo?

Alejandro Lerroux acababa de cumplir noventa y nueve años y no era un hombre que se caracterizara por su paciencia. Desde su juventud se había hecho famoso por su fuerza de carácter y una oratoria arrebatada. Pero los años le habían vuelto frágil y se sentía siempre cansado. Le costaba hablar, y todavía más vocalizar las palabras, que se le trababan en la boca; odiaba a quien le hacía perder su tiempo y sus escasas energías, quien no le escuchaba, quien le hacía repetir las cosas. Además, en España era una leyenda viva y sus exigencias tenían a menudo valor de ley. No estaba acostumbrado a que le ignorasen.

—¿Me está escuchando, señor mío?

Von Richtoffen seguía mirando con ojos alucinados las cuatro esquinas de la sala de prensa como si no entendiera lo que hacía en aquella habitación. Afuera, en el campo de juego, el público rugió y se perdió en aplausos y vítores. Un antiguo Guardia de Asalto vestido con un caro traje italiano descendió desde la grada, cariacontecido, y le comunicó que el Barcelona había marcado su octavo gol. Otra vez Di Stéfano. Se rumoreaba que era el año de la retirada tanto de Kubala como del astro argentino y querían acabar a lo grande, goleando a los alemanes del Dortmund. El Praterstadion era una olla presión, donde se cocía la victoria final del Barcelonismo y de Cataluña. Lerroux resopló.

—¿Me oye usted Von...?

—Le oigo perfectamente, señor presidente — balbució Wolfram. Estaba muy pálido—. Es que... no sé. Tengo una sensación muy extraña. Tal vez no me haya sentado bien algo que he comido.

—Sí, es verdad —Lerroux decidió mostrarse comprensivo—. Es difícil acostumbrarse a otras gastronomías cuando uno sale de su rutina y pisa un lugar que no es su patria. Piense en que yo mismo, a mi edad, sufro mucho del estómago a la menor modificación en mi dieta.

Wolfram se permitió un momento de lástima hacia su interlocutor. Era un hombre que seguía queriendo hacer grandes cosas encerrado en una carcasa que ya no era capaz de prácticamente nada más que sentarse en una mecedora y esperar a la negra parca. Pero no debía pensar en eso. Debía pensar que se hallaba ante quien llevaba ininterrumpidamente al frente de la república española, como primer ministro y luego como presidente, desde mil novecientos treinta y dos. Más de tres décadas dirigiendo el destino de su patria.

—Me había dicho —dijo entonces Wolfram, retomando la conversación donde se había quedado— que desea que aproveche el viaje en el tiempo, una vez en el pasado, para evitar que Di Stéfano fiche por el Barcelona.

—Así es. La razón principal, no le quepa duda, es encontrar la causa de la proliferación de esos malditos Campos Baldíos que están destruyendo la economía mundial. Pero aprovechando que se encontrará en el vientre de ese gusano...

No hacía falta añadir nada más. Lerroux, conocido en el pasado como el Emperador del Paralelo, era muy querido en Cataluña. Es más, había conseguido que los continuos desencuentros entre Madrid y Barcelona fueran cosa del pasado. Las dos ciudades lideraban una España unida y multicultural donde todas las diferencias lingüísticas, históricas, demográficas, económicas... habían sido superadas. Todos los españoles luchaban juntos camino de un futuro que se presumía luminoso. Al menos hasta que aparecieron los Campos Baldíos. Ningún país de Europa tenía tantos de aquellos desiertos vacíos de toda forma de vida ni había sufrido una caída de su producto interior bruto tan mayúscula. Y en ninguna se había encontrado un portal al gusano. Sólo en España, en Asturias para ser exactos.

—Estamos experimentando un momento decisivo en la historia de Europa —dijo Lerroux—. Si yo hubiese muerto hace cuatro o cinco años, me habría ido como un bendito, sin conocer que estaba a punto de estallar esta terrible crisis. Y créame, Von Richtoffen, estuvo a punto de suceder. ¡No una sino dos veces! No sabe lo terrible que es un infarto pasados los noventa —se lamentó, exhalando ruidosamente—. Pero sigo aquí, al pie del cañón, y debo ser yo, una vez más, el que lidere la España que saldrá victoriosa de esta crisis. Pero para hacerlo, debemos estar más unidos que nunca. Todos los españoles, vengan de donde vengan.

Se oyó un bramido atronador. La gente parecía haberse vuelto loca en las gradas. El hombre del traje italiano entró de nuevo en la sala de prensa con el mismo semblante sombrío de la vez anterior. Peor si cabe. Lerroux levantó una mano temblorosa.

—Acuña, si vas a decirme que el Barcelona ha marcado su noveno gol, mejor te das la vuelta y regresas a tu puesto.

El hombre inclinó la cabeza, giró en redondo y desapareció entre las sombras.

—¿Ve lo que le digo Von Richtoffen? Yo he conseguido que España camine en una sola dirección, que Barcelona y Madrid compartan la capitalidad en años alternos, y que cada cuatro pase a Valencia, a Bilbao, a Zaragoza o a Sevilla. Este país no se parece en nada al que tomé cuando alcancé la jefatura de gobierno por primera vez. Y esto se debe a que todas las ciudades, todas las naciones que conforman mi país, todos... se sienten iguales e igualmente representados. Pero ahora el fútbol, el maldito fútbol....

No acabó la frase, como si les costase encontrar las palabras.

—El futbol no es un deporte. Es una religión —intervino Wolfram.

—¡No, claro que no es un deporte! Usted lo entiende. No puede permitirse que el equilibrio y la fraternidad que yo he cultivado en mi país se vengan abajo por culpa de una religión. —Lerroux siempre se había caracterizado por un profundo anticlericalismo y la palabra religión en sus labios sonaba hasta ofensiva— Porque eso es lo que el futbol termina siendo para los hombres: la religión del siglo XX y del próximo siglo XXI. Ahora que Dios ha muerto es lo único que les queda. Ese Nietzsche no sabía dónde se estaba metiendo.

Religión o no, el fútbol estaba detrás de algunos movimientos separatistas que tenían al anciano estadista muy preocupado. Ya se habían producido dos intentos de proclamación de una república independiente en Cataluña pocas semanas después de la celebración de la octava Copa de Europa ganada por el F.C. Barcelona; y otra más luego de que saltase el rumor a los periódicos de que Kubala había sido tiroteado por nacionalistas españoles. Al final resultó ser un rumor falso, pero de no haber sido así, a saber si España no se habría fragmentado ya. Von Richtoffen entendía de qué le estaba hablando Lerroux.

—Sólo tengo una duda, señor Presidente.

—Exprésela con brevedad. Tengo que regresar al palco para mostrar mi alborozo cuando el Barcelona marque su décimo y undécimo gol —Lerroux, pese a todo, hacía gala de su conocida ironía y sentido del humor.

Wolfram sonrió sin poder evitarlo. Le caía bien aquel viejo de cabellos blancos y largo bigote también blanco que recordaba a un mosquetero o al mismísimo Richelieu.

—Es muy sencillo, presidente. ¿Por qué yo? ¿Por qué debo ser yo el que haga ese peligroso viaje? ¿Por qué, entre todos los hombres, piensa que un viejo aviador es el más adecuado para emprender este reto?

Lerroux se levantó lentamente de su asiento, asistido por dos ayudantes que surgieron de la nada, también enfundados en caros trajes italianos.

—Me parece, mi querido amigo, que no he sido yo quien le ha elegido.

—¿No?

—En realidad, le ha elegido una instancia superior.

El anciano estaba señalando hacia el techo de la sala de prensa. Por un momento, Von Richtoffen creyó que se refería a Dios. Pero aquel viejo republicano seguramente no consideraría a Jesucristo como una "instancia superior". Tampoco a su Padre. Wolfram tardó un momento en darse cuenta que se trataba de una broma. Lerroux añadió por fin, sacándole de dudas:

—Ya se lo explicarán mejor una vez llegue a España pero, por lo que he oído, le escogió para este trabajo tan especial el gusano en persona.

Wolfram se quedó petrificado en su asiento. La espalda encorvada del anciano se alejaba ya por la puerta camino de la tribuna principal. Afuera, la misma multitud enfervorecida que coreaba el nombre de sus ídolos del F.C. Barcelona, pronto verían llegar a Alejandro Lerroux, aquel anciano sabio al que habían aprendido a amar y a respetar, especialmente porque la mayoría habían nacido, crecido y llegado hasta allí bajo la sombra de un gobernante tan longevo como irrepetible. Al verlo tomar por fin su asiento junto a las otras personalidades dejaron de gritar el nombre de su club y lanzaron un grito unánime:

—¡Viva Lerroux!

Y él respondió con su frase más celebre, la misma que llevaba repitiendo desde mil novecientos ochenta y nueve, cuando durante un mitin, en la mismísima Barcelona, alguien lanzó vivas a su nombre. Aquella vez y también ésta, se irguió y dijo, con la voz temblando de emoción:

—¡No, viva Lerroux no! ¡Viva la libertad!

Pilar estaba llorando. Era la décima vez al menos que le hablaba de presentimientos; de la sensación que le embargó el día en que los aviones nazis bombardearon Guernika y asesinaron a toda su familia:

—Sabía que algo malo iba a pasar aquel día. Y perdí a mi hermana Uxue entre mis brazos, y a mis padres no volví a verlos. Ahora tengo la misma sensación. Si entras ahí no saldrás vivo, amor mío. No saldrás. No volverás a mí.

Wolfram besó a su esposa y la abrazó hasta que ambos perdieron el aliento. Se besaron de nuevo, con labios ávidos del otro.

—Pilar, regresaré a tu lado cueste lo que cueste. Escúchame: te prometo que no pondré mi vida en peligro.

Pero no podía prometerlo, por supuesto. No tenía ni la menor idea de lo que le esperaba. Aún así, insistió en su juramento hasta que ella pareció serenarse un poco.

—Señor Von Richtoffen... —dijo Miguel Sañudo, saludándole con una mano desde la acera.

Wolfram abrió la puerta del coche oficial que le había traído desde Viena. El conductor era un austríaco llamado Vorbe Wusste, un tipo de modales castrenses, muy poco hablador, hosco, reservado hasta la impertinencia, que lucía en su pecho una cruz de hierro de segunda clase. Mientras bajaba del vehículo tuvo de nuevo esa extraña sensación de Déjà vu, de ya haber conocido a aquel hombre en algún otro lugar, en algún otro momento. Pero no pudo pensar mucho más en aquel asunto porque Miguel le salió al paso y le estrechó la mano efusivamente.

—Es maravilloso tenerle aquí, sencillamente maravilloso —dijo y le llevó a las instalaciones del Teseracto.

—Siendo más joven o, no sé, de haber sido más estúpido o ambicioso, habría hecho construir aquí un gran complejo —rió Miguel Sañudo—. Ya me imagino un mastodonte de varias plantas, centenares de ayudantes a mi servicio, centenares de máquinas inútiles y centenares de millones de pesetas invertidos para nada.

Había pronunciado "nada" con especial intensidad.

—Un proyecto así requiere ante todo secretismo —prosiguió—. A menos gente que conozca los entresijos de lo que aquí se cuece, mejor que mejor. Además, las mejores ideas son las más sencillas.

Una palabra que le encantaba al doctor Miguel Sañudo.

Y es que, en realidad, todo aquel asunto era algo de lo más sencillo. Miguel disponía de dos casitas adosadas, todavía pintadas de blanco, tal y como se las encontró casi treinta años atrás. Dentro había algunos

56

equipos modernos, es cierto, pero nada demasiado escandaloso. Mantenía la misma estructura de las dos viviendas, con sus paredes de piedra, sus suelos de madera y sus muebles funcionales. Sólo tenía una docena de hombres a su servicio; aparte, por supuesto, del batallón de Milicias Lerrouxistas que protegían el perímetro y ocupaban el resto de viviendas del pueblo. De hecho, estaban acuartelados permanentemente en La Presa.

—¿Sabe por qué se llama este pueblo La Presa?

Wolfram negó con la cabeza.

—Porque aparte de algunas casas que ya existían antes, como en la que estamos, todo lo que ve lo construyeron un grupo de presos fascistas al acabar la guerra civil, que por suerte ganaron los nuestros. Creo que usted estuvo en el bando equivocado, luchando con los facciosos del Generalísimo Sanjurjo, ¿no es verdad? Todo eso de la Legión Cóndor que mandó Hitler poco antes de que muriera asesinado y la República fuese instaurada de nuevo en Alemania.

—Estuve en la Legión Cóndor, sí. Pero fue hace mucho.

Miguel le llevó a la planta superior de la segunda vivienda y desde allí a un terreno que se extendía por la falda de una montaña hasta el pie de los primeros riscos. El científico había notado la incomodidad de su interlocutor y decidió cambiar de tema o, más bien, regresar al asunto original.

—¿Recuerda que la hablaba de la sencillez? ¿Sí? Pues así fue como puse en marcha todo esto. Cuando la administración Lerroux me dio vía libre para investigar el proyecto Teseracto, me asignó a los presos y otra mano de obra más especializada para construir lo que necesitase. Entonces comprendí que no necesitaba algo demasiado complicado sino algo que funcionase. Porque ya había funcionado una vez sin necesidad de ningún aparato ni construcción anexa. Mientras hablaba, fue orientando un aparato tubular que a Von Richtoffen le recordó el cañón de una enorme pistola. Ayudado por dos hombres de su confianza, hizo diversos ajustes mientras seguía contando su historia. Todo había comenzado, recordó, una noche que le enviaron sus superiores a reconocer aquella línea del frente, a medio camino entre Langreo y Oviedo. Era el segundo año de la guerra civil y las tropas fascistas ya estaban en plena retirada. Miguel Sañudo se hallaba encuadrado una unidad de reconocimiento pero quedó aislado de sus compañeros tras un bombardeo. Desorientado, vagó por las montañas hasta llegar a unas casas abandonada: el hogar familiar de los Huerta, justamente donde ahora se hallaban. Miguel había cursado estudios de física y siempre llevaba una libreta en la mano. Se detuvo a tomar unos apuntes, fascinado por una idea que le acaba de venir a la cabeza. No tenía ni idea de que estaba sobre una alberca de la que la familia Huerta tomaba el agua para su aseo. Entonces, brevemente, se abrió una puerta espacio temporal.

—El Teseracto me engulló y por un instante pude caminar por su interior. Fue un milagro —dijo, a modo de conclusión.

Ello le había hecho entender que, si había conseguido abrir una conexión sin ningún equipo, por muy breve que ésta fuese, tal vez no se necesitaba una gran inversión para estabilizar la abertura. Sólo buenas ideas y creatividad. Y de ambas iba sobrado, modestamente. Porque era un hombre que creía en las cosas simples y despreciaba las alharacas. Sólo apreciaba la inteligencia, en especial la suya, por descontado.

—Es muy sencillo, como le decía. Me valgo de este acelerador lineal de partículas. Un modelo portátil de mi invención —Miguel le señaló aquel artilugio al que Wolfram le encontraba parecido con el cañón de un arma— para que el Teseracto entienda que deseo penetrar en su interior.

Y luego pasó a explicarle en que forma el acelerador conectaba a su juicio con el tejido espacio-temporal del Teseracto que habitaba sobre la alberca y otros detalles del funcionamiento de su "sencillo" sistema de apertura que Von Richtoffen ni deseaba ni se sentía capacitado para entender. Por ello decidió interrumpir a su parlanchín cicerone y dijo:

—Hay una cosa que me gustaría que me explicase.

Miguel detuvo su verborrea y repuso animoso:

—¡Cómo no! Pregunte lo que precise. Quiero que entienda el proceso lo mejor posible antes de que prosigamos con la fase dos.

Wolfram supuso que la fase dos sería viajar al pasado, a la búsqueda del origen de los Campos Baldíos. Pero lo que preguntó fue algo que no terminaba de entender y le tenía preocupado, no sabía la causa:

—¿Por qué le llama al gusano Teseracto?

El interior del gusano no era en modo alguno lo que Von Richtoffen había imaginado. Una vez atravesó la oquedad se encontró con un enorme corredor formado por un número casi infinito de salas abovedadas. Altísimas, ciclópeas, construidas a partir de un material duro como el granito que Wolfram no pudo reconocer. Una edificación gigantesca que contrastaba con aquellas dos pequeñas casitas de piedra desde las que habían partido.

—Por esta razón le llamo Teseracto —dijo Miguel—. Porque no es un gusano sino un Teseracto. Lo que, desde luego, no despejó las dudas de Wolfram, al menos en un primer momento.

—Deje que me explique de forma sencilla —dijo Miguel, guiñándole un ojo—. Los objetos de nuestro universo son anchos, altos y largos. Pero nos falta la cuarta dimensión: el tiempo. Nuestra vida sucede en un lugar preciso con las medidas que conocemos pero en un momento determinado y durante una cantidad de tiempo. Por ejemplo, usted se casó en una Iglesia que era x metros de alta, x de larga y x de profunda. La ceremonia fue en, pongamos mil novecientos cuarenta y duró una hora. Por lo tanto su boda en esa iglesia se produjo en un lugar con una altura, una anchura, una largura y una duración en el tiempo exacta. Como un cubo de cuatro lados que se extendiese durante exactamente la hora que permanecieron el recinto. Lo que formó un hipercubo o, en un lenguaje más técnico... un Teseracto.

Wolfram pestañeó un par de veces. No terminaba de ver el asunto tan claro como el doctor Sañudo.

— ¡Porque eso es el gusano! —dijo, acercándose a una de las columnas que sujetaba la siguiente bóveda— Nos hallamos en una plataforma en el tiempo, un lugar que nos permite transitar por las medidas del universo de tres dimensiones que conocemos pero con aberturas a la cuarta dimensión, al pasado o al futuro... nuestro pasado y nuestro futuro.

Y para reforzar su aserto se inclinó en la pared más cercana a la columna y, tan pronto pasó su mano por la piedra (o lo que fuese aquel material), pudo verse un paisaje en la penumbra.

—¡Y el pasado está precisamente ahora a nuestro alcance! El Teseracto nos ha conducido hasta él.

Miguel calló. Alguna cosa que se observaba en el exterior le había llamado poderosamente la atención.

—Ese hombre... ese hombre... ¿acaso no es...? Wolfram se acercó. Comprendió la turbación del profesor. Tumbado en la hierba, a pocos metros, estaba él mismo, muerto, con la cabeza hundida en un charco de sangre.

—No se preocupe, señor Sañudo. Ese hombre puede parecer usted pero sin duda...

—No, se equivoca —dijo Miguel, dando un salto, súbitamente recuperado—. Ese hombre soy yo precisamente. ¿No lo entiende? He programado nuestro viaje al día en que encontré al Teseracto, abril de mi novecientos treinta y siete, en plena guerra civil. Pensaba que tal vez entonces hice algo mal, algo que provocó la irrupción de los Campos Baldíos en nuestro universo. Pero eso de ahí afuera... —tragó saliva—. Ese cadáver prueba que ya he estado aquí y he fracasado. Lo que significa, lo que significa...

Entonces vieron al hombre, al extraño, a un ser deforme, con el rostro parcialmente tapado por dos grandes tumoraciones bulbosas, que llevaba una pistola en la mano izquierda. Se acercó al cuerpo muerto de Sañudo y le dio la vuelta con la punta de su bota. Chasqueó la lengua, desanimado ante la contemplación de un rostro que no era el que esperaba encontrarse. Entonces caminó un poco más en dirección al Teseracto, pero se detuvo a pocos metros de la abertura, como si conociera su ubicación.

Y comenzó a hablar en alemán, una lengua que Miguel Sañudo no conocía. En realidad, él era un hombre de ciencias; las letras y los idiomas en particular eran su punto flaco. Se consideraba un desastre. Ni siquiera era capaz de chapurrear un francés elemental, como cualquier español mínimamente instruido, ya que se estudiaba como segunda lengua desde primaria.

—¿Qué dice, Wolfram? Porque ese hombre habla en su lengua materna, ¿no?

Von Richtoffen asintió.

—Pide perdón por lo que ha hecho. Afirma que no quería matar a ese hombre sino a...

Calló abruptamente. El alemán seguía hablando. Miguel había creído oír la palabra "Richtoffen", pero también podía haber sido fruto de su imaginación.

—Afirma —dijo por fin Wolfram— que si salimos de nuevo nos matará como la vez anterior, que ese lugar y ese tiempo son suyos.

Miguel enarcó una ceja.

—¿Está seguro que ha dicho eso?

—Completamente seguro.

Pero Wolfram mentía. Lo que había oído que decía el alemán era: "Seáis quien seáis, sabed que debéis matar a Von Richtoffen. Sólo así terminaremos con esta pesadilla y recuperaremos los diez minutos".

Y entonces la escena cambió. El gusano, si es que era capaz de alguna forma de inteligencia, decidió mostrar en su desesperación algo que sus inquilinos debían ver, al menos uno de ellos.

—¿Qué es eso? —dijo Miguel.

Era noche cerrada. Sobre el cielo se distinguían los haces luminosos de un potente fuego de artillería; proyectiles homicidas que surcaban los aires y aterrizaban sobre un frente de trincheras que se insinuaba en lontananza. Al principio no distinguieron nada más, pero observando la escena con detenimiento, advirtieron en uno de los extremos, subido a una loma baja, a un hombre que tomaba apuntes, dibujaba tablas de disparo y medía las trayectorias de los proyectiles.

—No lo sé —dijo Wolfram—. Pero el hombre de la loma me resulta familiar. Lo he conocido en algún momento de mi vida. Si no estuviera tan lejos tal vez pudiera reconocerlo.

Entonces la escena cambió y el rostro de Von Richtoffen mudó su gesto.

—Yo conozco ese lugar —dijo.

Había un grupo nutrido de oficiales prusianos sentados a una larga mesa. Estaban vestidos con uniformes antiguos, de antes incluso de la primera guerra mundial, y todos reían de buena gana, con bastantes copas de más.

—Yo estuve en esa comida —Wolfram miraba la escena boquiabierto—. Era casi un crío. Lo recuerdo bien, fue en la escuela de cadetes, luego de mi graduación. Allí conocía a camaradas hoy ilustres, como Karl...

De pronto, lo comprendió todo o, al menos, una pequeña parte del infinito tapiz de posibilidades que se desarrollaba ante sus ojos. Reconoció al hombre que había estado hablando hasta hacía un instante frente a la oquedad del gusano, al asesino lleno de tumores. ¡Dios, estaba mucho más viejo y deforme pero era la misma persona!

¡Y también era el mismo que tomaba apuntes sobre una loma, mientras la artillería bombardeaba las posiciones del enemigo!

Pero Wolfram Von Richtoffen no pudo compartir la información que acababa de adquirir.

Porque el mundo estalló y el Teseracto se evaporó en la nada.

Afuera, en el pueblo de La Presa, Pilar era sujetada por un grupo de milicianos.

—Señora, compréndalo —le gritaba un comisario—. Acaba de formarse un Campo Baldío en torno a las instalaciones. No hay nada que hacer. Nadie saldrá vivo de allí.

Pilar sabía que aquel hombre estaba en lo cierto, pero aún así quería correr a salvar al hombre al que amaba. No se lo permitieron. Los soldados se la llevaron a su coche y cerraron las puertas. Divididos en tres compañías, corrían en todas direcciones. Las milicias Lerrouxianas estaban intentando evacuar el pueblo y mandaban camiones para salvar a cuantos pudieran en Tudela-Veguín, Box, en todas las poblaciones cercanas. Sabían del poder destructor de un Campo Baldío. En menos de una hora, cualquier ser vivo en varios kilómetros a la redonda habría desaparecido. Árboles, pájaros, caballos, vacas... y no sólo la fauna, la flora, los insectos, ni siquiera las ratas: nada podía perdurar donde se instalaba la gran plaga.

Pero aquella vez los soldados se equivocaban al esforzarse en salvar vidas humanas. De nada sirvió intentar evacuar a las pobres gentes de los contornos, o alejar a Pilar del epicentro del Campo Baldío.

Todo sucedió en un segundo. Tan pronto como la plaga engulló las dos casas adosadas y con ellas el acelerador de partículas, los dos ayudantes, la alberca y el Teseracto, se oyó un sonido sordo, reverberante, como si se hubiese resquebrajado alguna cosa que no pudiera ser reparada.

Un instante después desapareció todo: el pueblo de La Presa, la ciudad de Oviedo, España, Europa y el universo.

Aquella línea de futuro acabó en el año mil novecientos sesenta y cuatro. Otra vez.

Y todo volvió a comenzar.

4

ELSIE DOUGLAS
(1 de Julio de 1945)

DIARIO DE WOLFRAM VON RICHTOFFEN
(Fortaleza-Presidio de Bad Ischl)

Había llegado a mi destino. El paseo en camisa de fuerza, los insultos de mis guardianes, las vejaciones... todo tenía por objeto conocer a cierta dama que estaba de visita en nuestra prisión.

—Pasen, por favor —dijo una voz femenina al otro lado de la puerta. El celador, que acababa de repicar suavemente sobre la puerta sus nudillos, azorado, como si percutiese una campana de cristal con una maza, abrió el batiente con la misma delicadeza y ensayó la mejor de sus sonrisas.

—Señorita, con su permiso... —dijo, tan pronto asomó la cabeza por la abertura, envolviendo sus palabras en un tono servil y exangüe.

Pude ver que nuestro destino era un elegante salón con un fuego a medio apagarse en la chimenea.

Tenía un único balcón orientado al oeste con dos ventanales a cada lado que se asomaban a un mediodía caluroso. Todo ello en el marco de la magnificencia de las montañas Katrin, que destacaban salpicadas de nieve en la lejanía.

—He dicho que podéis pasar, Roderick. Ya me has oído la primera vez —le apremió la voz femenina, sin disimular su impaciencia.

Pasamos los tres, los dos celadores y yo mismo, mientras mentalmente apuntaba el nombre del principal de mis torturadores: Roderick. Tal vez un día tendría la ocasión de ajustar cuentas con él. Pero, de momento, era consciente que debía centrar mi atención en el hecho, no poco insólito, de que Roderick, tan altivo y lenguaraz hasta un segundo antes, se había convertido por arte de magia en un corderillo que balaba mansamente al encuentro de alguien que, no me cabía la menor duda, le producía el más profundo terror. Y no se trataba tan sólo del típico sometimiento de los cretinos ante la jerarquía. Había algo más, y no tardé en comprender de qué se trataba.

Elsie Douglas se había arrellanado en un sofá mientras hojeaba el contenido de una carpeta con cierto nerviosismo, pensé, pues pasaba las hojas demasiado rápido, sin apenas tiempo de echarles más que un vistazo superficial. Yacía de costado sobre dos almohadones, con la mano izquierda colgando lánguida fuera del apoyabrazos, como intentando disuadir al espectador de la impresión inicial de inquietud o excitación que sus gestos habían delatado. No tendría más de treinta o treinta y cinco años y podría haber sido una mujer hermosa de no ser porque, de alguna forma, no lo era en absoluto. No obstante su figura esbelta y sinuosa, las manos delicadas, la ropa cara y bien cuidada, y el porte de mujer segura de sí misma, Elsie parecía una de esas

68

personas tan entregadas a su trabajo que su rostro era imposible de ubicar fuera de ese contexto. Parecía lo que era, una funcionaria con un mundo de obligaciones y nada de tiempo para cualquier otra cosa aparte de su designio. Hasta la belleza y los muchos encantos que sin duda poseía habían sucumbido a su mueca de labios torcidos, a la mirada escrutadora de enormes ojos negros que nos lanzó tan pronto traspusimos el umbral o al ceño fruncido que parecía habérsele pegado a la cara como un mal disfraz.

—Hoy me has traído al prisionero dos minutos tarde, Roderick. Sabes que mi tiempo es precioso. No esperaba de ti tanta ineficacia en una cuestión tan sencilla.

Con andar tembloroso, el aludido avanzó hasta el centro de la estancia y balbuceó:

—Perdone, señora, pero Von Richtoffen insistió en que le llamásemos por su rango y tuve que enseñarle las ordenanzas para que obedeciese. Johnston es testigo.

El segundo celador, un tipo enjuto con aspecto de estudiante imberbe de secundaria, dio un paso al frente.

—Así es, señora. Tuvimos toda una escena ahí afuera.

Pensé que era el momento de intervenir en la conversación.

—Si desde un principio me hubieran llamado simplemente Von Richtoffen y no "maldito nazi" tal vez yo hubiese venido de buen grado y habríamos llegado a tiempo, ¿no creen?

Elsie enarcó una ceja y, corrigiendo su postura en el sofá, apartó uno de los almohadones, para erguirse al cabo lentamente sin apartar la vista de los dos celadores. Éstos, removían nerviosos los pies y parecían buscar una grieta en el suelo para escabullirse por ella. Temían que fuera a reconvenirlos por tratarme de forma tan

69

irrespetuosa, o al menos eso pensé. Por desgracia, estaba completamente equivocado si creía que ella iba a defender mi causa.

—Sabéis bien que por mí podéis llamar al señor Richtoffen lo que os venga en gana —empezó la buena de Elsie—. Si está en mi mano, haré que lo juzguen y al cabo le cuelguen del patíbulo más cercano. Entonces, estoy segura, poco le importará que le llamen "maldito nazi" o cualquier otra lindeza que se os pueda ocurrir. Sin embargo, el que podamos mandarlo a juicio o no depende de estas entrevistas que me han permitido hacerle. Si no consigo que los médicos se pongan de acuerdo y me firmen ciertos documentos —abrió su carpeta delante de los dos celadores para que viesen un montón de papeles desordenados y en su mayoría ilegibles—, este "maldito nazi" seguirá respirando el mismo aire que nosotros durante muchos, muchos años. ¿Es eso lo que queréis?

—¡No, señora! —ladraron los dos patanes al unísono.

—Pues entonces guardaros vuestro ingenio para el día que su cadáver cuelgue bamboleándose sobre nuestras cabezas. Entonces podremos celebrarlo como es debido. Pero, entre tanto, os pido que el prisionero llegue todos los días a la hora en punto. ¿Pido demasiado?

Nadie respondió y se hizo el silencio. Elsie ordenó con un gesto que me acomodasen en un viejo sillón a su izquierda y volvió a tomar asiento.

—¿Es necesaria la camisa de fuerza? —pregunté entonces, presa de un repentino picor en la espalda al que no podía hacer frente maniatado como me hallaba.

—No sé si fiarme de usted, Wolfram —respondió cauta Elsie—, ya ha sido "travieso" otras veces.

—¿Travieso? —inquirí, algo sorprendido.

—Ya sabe, violento, imprevisible, de humor cambiante. Todos ellos síntomas de su enfermedad, por supuesto, aunque no sé hasta qué punto los exagera.

Los dos celadores, Roderick y Johnston, se miraron cómplices el uno al otro, como si compartieran un secreto privado. Por el rabillo del ojo pude ver el rostro teñido de odio del celador jefe y por fin lo tuve claro. No sé cómo, una voz en mi interior me reveló la causa de todos aquellos malos modales en el traslado desde mi celda. Una voz, empero, que me susurraba algo imposible.

—¿Alguna vez te he agredido, Roderick? —le dije, volviendo la cabeza.

El celador soltó una carcajada. Pero no era diversión lo que mostraba su risa sino una hostilidad profunda. Se adelantó y luego de levantarse la manga de la camisa pude ver una herida tumefacta que no debía tener ni cuarenta y ocho horas. La marca de unos dientes era inconfundible. Le habían intentado arrancar una porción de antebrazo de un mordisco.

—¿Fui yo, Roderick? —insistí, ante su silencio.

—Bien lo sabes, maldito nazi —dijo, regresando a su sitio a mi diestra. Johnston estaba al otro lado, como si protegieran a Elsie de un posible acceso de violencia de un demente peligroso—. A mí no me engañas con tus *jueguecitos* —concluyó el celador jefe.

Elsie me observaba mientras mi cabeza daba vueltas y más vueltas a aquella situación. Ella medía mi sufrimiento y tomaba notas; medía mi sufrimiento y decidía si yo estaba cuerdo y debía morir en el patíbulo con los criminales de guerra o loco de atar y mi destino era el de pudrirme en prisión como llevaba haciéndolo Rudolf Hess desde hacía cuatro años. Recordé cómo Hess, el poderoso jefe del Partido Nazi, había huido de Alemania en avión para luego lanzarse en paracaídas sobre Escocia. Su objetivo: alcanzar una paz secreta con Inglaterra. Desde luego, el acto de un loco, pues sólo una mente enajenada podría llegar a pensar que Alemania y cualquiera de las potencias aliadas, llegados a tal punto de animadversión y tras tanto derramamiento de sangre, podrían alcanzar alguna suerte de acuerdo que no llevase aparejado el completo sometimiento de uno u otro bando. Hess estaba loco y, a lo que parecía, yo no le iba a la zaga, pues había olvidado que conocía a los celadores y... ¿cuánto habría olvidado en verdad?

—Le prometo, señorita Douglas, que yo habría jurado que es la primera vez que veo a estos dos hombres —confesé anonadado. Si hubiera podido, me hubiese llevado las manos a la cabeza. Impotente e incapaz hasta de ocultar mi rostro, cerré los ojos temiendo que las lágrimas me traicionasen.

—¿Y a mí me recuerda, señor Richtoffen? —dijo ella, sin dejar de tomar notas.

—Sí, claro, la he visto en los periódicos. Ése es un lujo que aún no me han arrebatado en prisión. Usted es la ayudante del fiscal Jackson. Toda una celebridad en estos tiempos —mi lengua se movía torpemente, farfullando abrumada por demasiados descubrimientos.

—¿No recuerda nuestra conversación de ayer? —preguntó Elsie, levantando la mirada de sus notas y volviéndome a mirar con aquellos enormes ojos, fijos e inmisericordes.

—¿Nos vimos ayer, señorita Douglas?

Mi rostro debía transmitir sin duda mi zozobra interior, mi dolor y la lástima que comenzaba a sentir por mí mismo. Vi la sombra de la duda en los ojos de Elsie, pero también una férrea determinación. Si estaba loco me pudriría hasta la muerte en aquella prisión en Bad Ischl, pero si fingía lo más mínimo encontraría la forma de destruirme. Tal vez se encargaría ella misma de

72

ponerme la soga al cuello. Ojalá, pensé, estuviera cuerdo y pudiera enfrentarme con dignidad a un juicio por mis faltas y a la horca si fuera necesario.

—Pero, entonces, ¿qué enfermedad tengo? — balbucí. Johnston se inclinó para enjuagar mi frente con un pañuelo. Comprendí en ese instante, con ese gesto impensable por compasivo de mi guardián, que mi rostro en verdad debía transmitir aquello en que acababa de convertirme: el ser más miserable, desamparado y vacío de la tierra.

—¿No lo sabe? —dijo Elsie, sin perder la compostura, sin exteriorizar el menor atisbo de piedad o empatía, y sin dejar de escrutarme con aquellos ojos negros infinitos.

Y entonces vinieron a mí salvas de momentos, de caras, de voces del pasado, retorciéndose y pidiendo su lugar dentro de mi cabeza. Comprendí más que recordé, sentí más que hice memoria, nací de nuevo, como si parte de mí estuviese agazapada en alguna parte, asiendo la mayor parte de lo que había sido y hurtándomelo para mi vergüenza. Supe que me moría y que el epílogo que el destino me había deparado sería el más espantoso de todos: por el camino perdería tanto de mí mismo que mi cadáver, vacío por dentro, no sería yo.

—Tengo un tumor cerebral —dijo una voz dentro de mí, una voz que venía muy lejos—. Llevo tiempo agonizando en esta prisión austriaca donde me habéis traído tras ganar la guerra a Alemania. Pero antes de eso, varios meses antes de terminar la contienda, fui mandado a la reserva porque los médicos alemanes dictaminaron que ya no era útil para el servicio activo. — Levanté los ojos hacia Elsie, como pidiendo misericordia, pero su mirada glacial me convenció que no había un ápice misericordia en el universo entero para mí ni para el Tercer Reich. Ya no había sitio para nosotros en el mundo que había de venir. Me encogí de hombros y concluí—: Así que puede preguntarme lo que quiera, señorita Douglas. No me importa. Al fin y al cabo, dentro de un rato probablemente lo habré olvidado todo.

5

JUAN DE BORBÓN
(1964)

Wolfram estaba en la sala de espera del Hotel Crillón, en Buenos Aires. Su búsqueda de Alfredo Di Stéfano le había llevado hasta allí, a miles de kilómetros de Europa, del agujero de gusano, Teseracto o como demonios quisieran bautizarlo... y a miles de kilómetros de su amada Pilar.

Pilar: el amor que sentía hacia ella era lo único que valía la pena salvar, incluso por encima de su propia vida. Porque ahora mismo Wolfram se hallaba en mil novecientos cuarenta y siete, jugándose el pellejo. Se sentía perdido en el bar de aquel hotel recién construido, muchos años atrás en el pasado, una época en la que su mujer no era todavía su mujer, sino una adolescente recién llegada a Madrid desde las provincias vascongadas. Ni siquiera se habían conocido por entonces. Todo aquello era una locura, no cabía duda, pero para regresar a su vida anterior debía cumplir con la misión que le había encomendado el Rey de España y volver a casa, evitando a toda costa que ella se enterase de que su querido esposo era el responsable de la tragedia de su familia en Guernika, de que las muertes de

Uxue, su querida hermana, y de sus padres, llevaban su firma.

Wolfram quería cumplir su misión y regresar al hogar. Nada más.

Y nada menos.

Tan absorto estaba en sus pensamientos que no advirtió que una camarero se le acercaba. En su camisa se leía su nombre: Vorbe Wusste. Tenía un aspecto grave y hablaba con la cabeza gacha:

—El señor Di Stéfano está al llegar. Ha llamado avisando que vendría un poco tarde. El entrenamiento se ha alargado un poco.

Wolfram asintió con la cabeza y le dio las gracias al camarero. Aprovechó para pedir otro whisky, que apuró de un trago. Pidió otro. Estaba nervioso y no le vendría mal un poco de alcohol para serenarse. Aquella falsa identidad que le habían entregado los servicios secretos españoles no se sostenía. Porque unos documentos que aseguraban que era un periodista del ABC y un colaborador de Radio Nacional de España, no podrían ocultar la realidad incontestable de que su español era cuando menos mediocre y sus conocimientos de fútbol, de Argentina o del propio Di Stéfano, más que superficiales. Sólo esperaba que el crack de River Plate creyese el engaño el tiempo suficiente para poder persuadirle de que en el futuro, exactamente seis años más tarde, no fichase por el F.C. Barcelona.

Aunque, ¿cómo demonios se podía convencer a alguien de una cosa así, de algo que sucederá en el futuro y ni siquiera se sabe cómo sucederá porque una vez se ha influido en el pasado todo queda a merced del azar, de nuevas conjunciones y posibilidades que en la realidad de la que uno proviene nunca pasaron?

Sin embargo, el Rey de España, Juan de Borbón, parecía tenerlo muy claro cuando le dijo:

—Deseo que viaje usted en el Teseracto y evite que Di Stéfano fiche de forma equivocada por ese club cuyos éxitos no nos causan sino constantes quebraderos de cabeza.

En ningún momento había pronunciado el nombre de la ciudad de Barcelona, pero quedaba implícito. Abajo, en el terreno de juego, Kubala centraba hacia el área, donde Di Stéfano controlaba con el pecho y fusilaba sin piedad el balón a las mallas, ante la salida desesperada del meta interista Giuliano Sarti. Seis a cero. Y la novena Copa para los catalanes. Otra vez la pesadilla hecha realidad.

—¡Maldita Europa de los Tres Reyes! —murmuró Wolfram, en el presente, al recordar aquella escena. Y volvió a apurar su copa.

Porque Wolfram procedía de un nuevo mil novecientos sesenta y cuatro, un universo en el que se vivía un renacimiento de las monarquías absolutas. Todo había comenzado, de una forma más que casual, durante la guerra civil española. Eran los primeros días de la contienda y los facciosos aún no tenían un líder, especialmente a causa de la muerte del militar que tenía que encabezar la revuelta, José Sanjurjo, en accidente de avión. Una tarde, en la finca del ganadero Antonio Pérez Tabernero, se reunieron algunos de los más importantes generales y coroneles del bando sublevado con la secreta intención de decidir quién les gobernaría, al menos hasta el final de las hostilidades y la caída de la República. Allí, durante unas horas, pareció que iba a salir vencedor el más joven y brillante de todos, el héroe del pueblo, el general africanista Francisco Franco. Luego pareció que iba a ser Emilio Mola. Finalmente, un inesperado discurso de Kindelán hizo que se decidieran por un líder de consenso, el joven Juan de Borbón. El hijo del rey Alfonso, que superaba por poco los veinte años, sería un títere en manos de una Junta Militar dirigida por Franco y Mola. Pero la guerra siguió su curso, Juan se convirtió en un nuevo Cruzado, el símbolo de la España que se había alzado en armas, y pronto pudo prescindir de intermediarios y reinar en solitario. No necesitaba ni a su padre ni a los militares. En mil novecientos treinta y ocho, el rey Alfonso abdicó, y la Junta Militar dimitió de sus funciones, dejando el camino libre al nuevo monarca. Esas navidades, el ejército rojo, cautivo y desarmado, se rendía.

Y aquello inició un efecto dominó entre los estados fascistas. Hitler y Mussolini cayeron pocos años después y fueron reemplazados por unos gobernantes absolutos que no necesitaban de parlamento ni de senado. Y Luis Fernando de Prusia fue coronado emperador de Alemania mientras Humberto II hacía lo propio en Italia.

Las tres grandes potencias del final del siglo XX estaban dirigidas por monarcas absolutos, jóvenes reyes que necesitaban, como todos los gobernantes, de ese opio del pueblo que muchos llaman fútbol.

Y a causa del fútbol el mariscal del aire Von Richtoffen estaba arriesgando la vida y la cordura. ¡Bendito deporte!

—Otro whisky, por favor —pidió Wolfram. Era el cuarto. Demasiado hasta para él. Pero lo engulló de forma sonora, ansiosa.

El Bar del Crillón, en el sótano, estaba a rebosar de clientes. Era uno de los hoteles de moda de la capital. Después de todo, había sido inaugurado pocas semanas antes y la dirección no había reparado en gastos. Por eso Wolfram lo había elegido para entrevistarse con Di Stéfano. Cargado de sus falsas credenciales no se sentía especialmente seguro, pero todo el alcohol que había consumido, rodeado de un ambiente de lujo, comenzaba a hacer su efecto. Lo conseguiría. ¿Por qué no? No había nada que pudiera sospechar Alfredo. ¿Qué podría adivinar, aunque alguna cosa no le cuadrase? ¿Que era un tipo del futuro? ¿Que había viajado en un agujero de gusano para modificar la historia? Vaya tontería. Él mismo dudaba de todo lo relacionado con aquel asunto.

—Hola, señor Von Richtoffen.

Alguien se había sentado a su mesa. Su voz sonaba apenada. Wolfram achicó los ojos. Sin duda se trataba por fin del gran Alfredo Di Stéfano. ¿O no? Se removió, inquieto, en su silla. No podía fijar la vista.

—Un placer, amigo mío –Wolfram sintió que se le ladeaba la cabeza. ¡Dios mío, estaba borracho! Menudo espía temporal estaba hecho.

Pensó en el tipo de preguntas que debería hacer un periodista recién llegado de la madre patria al máximo goleador de la liga argentina, un joven de sólo veintiún años que ya había hecho olvidar a Pedernera, al cerebro de La Máquina, el gran River Plate que era el dominador de la liga desde principios de la década. Pensó que lo mejor era comenzar preguntándole sobre lo que opinaba sobre la marcha del más querido de la afición al Club Atlético Atlanta. Cómo había encajado Alfredo el verse convertido en el nuevo ídolo de la hinchada, una vez fuera Pedernera, junto con Labruna y el portero Carrizo. Sí, eso haría.

—Perderdernera... —comenzó, pero se dio cuenta que se le trababa la lengua.

Wolfram meneó la cabeza. Se encontraba mucho peor de lo que había pensado. De pronto recordó que la razón por la que, en aquel año de mil novecientos cuarenta y siete, estaba de moda argentina era por que la primera dama, Evita Perón, acababa de iniciar en España la Gira del Arco Iris, un recorrido de tres meses por toda Europa que buscaba promocionar su país y, en particular, el gobierno de su esposo y del recién refundado partido Peronista. Le hablaría de la situación política y no de la futbolística. Sí, eso debía hacer. ¿O no?

—Argentina es... el viaje de Evita...

Sus ojos se aclararon y pudo ver por fin a su interlocutor. Se llevó una sorpresa mayúscula.

—Tengo que matarte —dijo Miguel Sañudo.

Wolfram parpadeó. La última vez que había visto a su guía en las entrañas del gusano, se encontraba examinando dos cadáveres que habían encontrado en uno de los corredores.

—Somos tú y yo —dijo Sañudo, al instante, nada más poner los ojos en aquellos cuerpos descompuestos.

—¿Pero qué demonios dices?

—Estoy seguro, Wolfram. Mira sus ropas y sus rostros, todavía son reconocibles, como si hubieran muerto hace pocos días. —Miguel Sañudo tragó saliva, como si decir lo que seguía fuera un esfuerzo demasiado grande—. Ahora lo comprendo. Son los cadáveres de Miguel y de Wolfram en una línea temporal distinta de la nuestra. Somos nosotros, la última vez que fracasamos.

—Y añadió, respirando fatigosamente—: Espero que haya sido la única vez.

Von Richtoffen no se opuso a aquella conclusión. No entendía absolutamente nada de los fundamentos teóricos de aquella odisea, así que por lo que a él se refería podían deambular hasta toparse con una docena de cadáveres de ellos mismos. Lo único que quería era hablar con Di Stéfano, encontrar la causa de los Campos Baldíos y volver a abrazar a su querida esposa.

Sañudo, por su parte, estaba tan fascinado por encontrarse ante aquellos difuntos, que ni siquiera le hizo mucho caso cuando le preguntó si podía intentar buscar a Di Stéfano en el pasado. Tal vez ni siquiera le escuchara.

—Tengo que matarte —repitió Miguel Sañudo, muy serio, en el bar del Hotel Crillón, echándose una mano al bolsillo de la chaqueta. Parecía que había concluido el examen de los cadáveres y que las conclusiones no eran muy favorables para los intereses de Von Richtoffen.

—Por favor, piensa bien lo que estás diciendo. Piensa que...

—Debo hacerlo. Tengo que hacerlo —le interrumpió—. Encontré fuera del Teseracto, en mil novecientos treinta y siete, a un hombre extraño, cubierto de tumores, que me habló de ti. Tardé mucho tiempo en comprender lo que pretendía explicarme porque me hablaba en alemán de cuestiones de la mecánica cuántica que no son fáciles de traducir. Pero al final pudimos establecer una forma de comunicación. Tú eres la causa de todo esto, de las paradojas, de las muertes, de los Campos Baldíos...

Wolfram sintió que, de golpe, desaparecían los efectos de la borrachera. Sabía cuando un hombre estaba de verdad sopesando matar a otro. Y Sañudo iba a matarle sino conseguía convencerle de que todo lo que estaba diciendo era una tontería.

—Miguel, tú me conoces. Hemos pasado varios días juntos en el complejo de La Presa. No somos amigos pero tampoco enemigos. Yo creo que no eres un asesino y sé que...

—No lo comprendes, no tengo elección.

—Sí la tienes. Todos la tenemos.

Miguel tenía una vieja pistola Mauser en la mano. Un modelo de la primera guerra mundial. ¿De dónde habría sacado aquella antigualla?

—No, no la tengo. Además, tal vez no sea un crimen matarte, después de todo.

Wolfram echó hacia atrás su silla. Alguien chilló en el Bar. Habían visto el arma en manos de su asesino.

—¿Cómo no va a ser un crimen lo que estás a punto de hacer?

—Creo que puede no serlo. —A Miguel le corría una lágrima por la mejilla— Por que tú no eres Wolfram Von Richtoffen. Ni siquiera eres un hombre. No eres nada.

—¿Qué dices?

Wolfram se levantó de un salto, pero fue un gesto vano, una bala le atravesó el corazón y cayó al suelo fulminado.

—No, tú no eres Wolfram. Eres un impostor. La causa de la paradoja que pone en peligro nuestro mundo.

Miguel Sañudo cerró los ojos. Una parte de él pensaba que, al abrirlos, habría vuelto a mil novecientos treinta y siete, al día en que encontró al Teseracto, antes de que se iniciara la paradoja.

Pero otra parte de él se sentía culpable de aquel crimen, y deseaba que unas manos (un cliente o un camarero) le arrebataran el arma y le entregaran a la policía. Entonces abriría los ojos y estaría sentado en el banquillo de los acusados.

No pasó ni una cosa ni otra. Miguel estaba equivocado en todo. Al morir Wolfram el universo se resquebrajó una vez más y la línea temporal regresó a la final de la Copa de Europa, en Viena, en el Praterstadion. Allí, Federica Montseny, la presidenta de la Unión Anarquista Ibérica Federada, asistía a un nuevo triunfo del Barcelona. Ella, en tanto que máxima representante de las regiones libres de España, no iba a permitir que todo se echase a perder por culpa de aquel invento de los machos, esa estupidez llamada fútbol.

Y por eso mandaría a un chivo expiatorio, uno de esos machos engreídos, al mismísimo pasado a través de un agujero de gusano. Su misión sería bien sencilla: matar a Alfredo Di Stéfano.

6

LOS JUICIOS DE NUREMBERG
(1 de Julio de 1945)

DIARIO DE WOLFRAM VON RICHTOFFEN
(Fortaleza-Presidio de Bad Ischl)

La señorita Douglas me miraba entregarme al sufrimiento de reconocer ante mí mismo que era un enfermo de cáncer, terminal, que había perdido la cabeza. Y me dejó bucear en mis recuerdos, intentando recomponer los pedazos de ese hombre que un día fue el Mariscal del Aire más joven de Alemania. Media hora después todos esos malditos recuerdos, como una llamarada, habían regresado de alguna parte para abrasarme por completo. Elsie esperó pacientemente a que me recuperase mientras tomaba notas sin descanso. En primer lugar, me dijo al cabo, deseaba preguntarme si entendía el porqué de su presencia en aquella sala, lo que pretendía saber de mi pasado y las consecuencias para mi futuro de cuanto pudiese descubrir.

—Supongo que desea indagar en todos los crímenes que se supone he cometido para engrosar la lista de víctimas en su juicio de Nüremberg —repuse—. Pero no son los actos la única medida del hombre. El ejército alemán, como todos los ejércitos, estaba formado por caballeros, aristócratas, militares de la vieja guardia, genios, mediocres, parásitos, oportunistas, muchos teóricos de salón, muchísimos hombres de acción; en suma, hombres tan diferentes que juzgarlos a todos por el mismo rasero sería una locura. Me parece que el fiscal Jackson, al que usted en esta reunión representa, tiene ante sí, y por encima de todo, una tarea de locos más que de gigantes. —Me erguí un poco en mi incómodo sillón y percibí que mis dos celadores despertaban de un sopor cansino para ponerse en guardia—. ¿Criminales? Claro que somos culpables; al fin y al cabo perdimos la guerra. Sé que ése y no otro es el baremo real de esta situación. La obediencia debida no será una excusa porque el régimen nacionalsocialista debe ser demonizado para que algo tan horrible como esta guerra no vuelva a suceder jamás. No crea, pues, señorita, que voy a eludir mi destino. No tengo nada que ocultar.

Elsie Douglas cruzó los brazos sobre su vientre. Parecía reflexionar, pero era más que eso: sus mejillas se arrebolaron, como un odre al que se le insuflase rabia y repulsión desde un fuelle imaginario.

—Ahórrese en adelante las soflamas absurdas de sé que hemos perdido la guerra, yanquis, y nos lo vais a hacer pagar —repuso con frialdad—. Pagarán los asesinos, los que pusieron en marcha la maquinaria del exterminio, los que fusilaron a prisioneros, los que torturaron a inocentes, los que ordenaron bombardear a civiles como usted, los dementes que provocaron esta carnicería sangrienta llamada guerra mundial. —De nuevo, se quedó pensativa— Lo que yo quiero saber —

86

prosiguió— es si entiende que no soy su confesor, que no somos amigos y que pienso que usted es un sádico de la peor especie; si entiende, y voy a ser aún más precisa, que he venido a descubrir todo lo que usted sabe y lo que en verdad ignora. En el primer caso, para sustentar mejor el caso que le mandará a la horca, en el segundo para descubrir que es usted un farsante y que la enfermedad no le impide discernir entre el bien y el mal, entre la realidad y la fantasía, y que la persona que en breve colgará del patíbulo está en sus plenas facultades mentales.

Hubo una pausa. Roderick tosió. Johnston meneaba la cabeza.

—Creo que tiene razón —dije por fin, con gesto altivo—, estoy en pleno uso de mis facultades y me gustaría colgar de su patíbulo soñado a la mayor brevedad. Cualquier cosa es mejor que tener que ver el rostro de gente como usted, capaz de odiar tanto a tan pocos, y de odiar tan gratuitamente a quienes no conocen ni entenderán jamás sus motivaciones.

—Eso ya lo veremos, señor Richtoffen. Pronto comprenderá que sabemos de usted casi tanto como usted mismo. —Elsie volvió a tomar su carpeta y extrajo una hoja de papel. Con lentitud deliberada cogió su pluma y se preparó para lanzarme una primera frase— Así pues declara que conoce las razones de este interrogatorio y que es consciente de que de él depende de que sea trasladado en breve a Nüremberg para formar parte de los acusados en ese proceso. ¿Es así?

—Correcto, señorita Douglas. Soy consciente de mi situación. —Y es cierto que lo era, desde el principio había comprendido que la presencia de aquella mujer no era sino un regalo envenenado, pero me disponía a abrirlo con la presencia de ánimo de un caballero: sin una queja y con la cabeza bien alta— Y también soy consciente de lo que se cuece en Nüremberg y de los juicios que se van a llevar a cabo en breve. Los juicios. Los periódicos no hablaban de otra cosa. Desde antes de terminar la guerra las potencias aliadas se habían preguntado qué trato debían dar a los vencidos una vez firmado el armisticio. No eran pocos los que desde buen comienzo habían abogado por ejecuciones sumarias e indiscriminadas de todos los criminales, especialmente reclamadas desde el bando ruso, pero al cabo se había impuesto el sentido común a las vísceras. En se mismo instante, representantes de Francia, Reino Unido, Estados Unidos y la Unión Soviética, discutían dónde y cuándo serían juzgados los responsables de la locura nazi. Ya nadie quería un linchamiento, sino un proceso ejemplar que fuese recordado por la historia y esgrimido como justificación del proceso mismo. Un tribunal internacional representaría a la humanidad entera enfrentada a los mayores asesinos de la historia. Se había filtrado el nombre de la ciudad de Nüremberg como la más probable ubicación y se hablaba de una fecha nunca superior a tres o cuatro meses para comenzar el proceso, en octubre o noviembre a más tardar.

La elección de Nüremberg no era casual. En esa ciudad se habían redactado las leyes de Defensa de la Sangre y el Honor, una legislación antisemita por medio de la cual se había privado de nacionalidad, de sus posesiones y en muchos casos, hasta de la vida, a los judíos de Alemania primero y más tarde de todos los territorios conquistados. La ciudad de Nüremberg había sido el mayor símbolo de la barbarie nazi, que había llevado a millones a los campos de exterminio y a las cámaras de gas; ahora sería el símbolo del juicio que pondría punto y final a toda aquella barbarie condenando a sus instigadores, pero también a cuantos acataron aquellas terribles disposiciones, a los que fueron instrumentos del magnicidio, a los ejecutores.

Los fiscales elegidos para aquella ardua tarea eran el Teniente General Rudenko, por la Unión Soviética; Sir Hartley Shawcross, por el Reino Unido; François de Mentón y Augusthe Champetier de Ribes, por Francia; y el fiscal general de los Estados Unidos de América, Robert Houghwout Jackson. En ese instante, los acusadores estaban en plena fase de instrucción, buscando pruebas contra los asesinos hasta debajo de las piedras. Elsie Douglas, mano derecha de Jackson y su secretaria personal, se hallaba delante de mí precisamente buscando la forma de llevar ante el tribunal a un esquivo Mariscal del Aire que, según parecía, se valía de su enfermedad para hacerse pasar por loco y así eludir a la justicia. Pero no era un pretexto que le valiese a Elsie. Ella desenmascararía al impostor aunque fuese la última cosa que hiciera en este mundo.

7

FEDERICA MONTSENY

(1964)

—¿Quiere que mi esposo mate a Alfredo Di Stéfano? La voz de Pilar se había quebrado. Al final de la frase era como un chillido muy breve o un estertor de agonía. No podía ser verdad lo que acababa de oír de labios de Federica Montseny.

—En realidad, eso es precisamente lo que hará. — Federica, la poderosa autócrata de una España anarquista, juntó las manos y adoptó un tono mesurado— Pero no se preocupe, señora Urbizu, lo asesinará en el pasado. No le voy a pedir que mate al Alfredo Di Stéfano de ahí afuera, en el campo de futbol, ése que lleva marcados ya tres goles en la final de la Copa de Europa. Matará a un joven que comenzaba a despuntar en la liga Argentina, allá por mil novecientos cuarenta y ocho. Antes, mucho antes, de que se convirtiera en un obstáculo para la revuelta permanente y en libertad que es un gobierno desde la anarquía.

Pilar Urbizu de Von Richtoffen se echó a llorar, balbuciendo alguna cosa sobre Guernika, su hermana Uxue y un presentimiento que la reconcomía. A su lado estaba su esposo, Wolfram, repiqueteando los dedos sobre la mesa principal de la sala de prensa del estadio vienés del Prater. Estaba rabioso, apenas podía contener su ira hacia aquella mujer que le pretendía arrebatar su presente con la mujer a la que amaba para mandarle al pasado convertido en un sicario de tres al cuarto.

—Pero, ¿por qué yo, señora presidenta?

Federica sonrió, mostrándole unos papeles que extrajo de una carpeta. Se trataba de su pasaporte de la Legión Cóndor, el que había usado muchos años atrás, cuando sirvió en la Guerra Fascista Antiespañola, pues así era llamada la guerra civil que había ganado una República gobernada desde la CNT y la FAI, las dos grandes centrales sindicales anarquistas.

—Esos documentos han sido encontrados en el interior del Teseracto. Usted, señor Von Richtoffen, ya ha estado en el gusano. Sólo le pido que regrese.

—Yo no he estado nunca en Asturias. ¿No dijo que allí habían encontrado esa máquina del tiempo? ¡Dios, este asunto es de locos! —Wolfram se mesó los cabellos, a punto de perder el control—. No importa lo que parezcan estas supuestas pruebas. Le juro que ni siquiera estuve cerca de ese lugar durante mi servicio en España.

—Razón de más, señor Von Richtoffen.

Federica Montseny le observaba con un profundo desprecio que le ensombrecía el rostro. Detestaba a los hombres, por idiotas, por engreídos, por no ser capaces de albergar a un bebé en su interior. Ella misma había dado a luz a un maravilloso ser, llamado Germinal, cuya existencia justificaba la suya propia. Porque era una mujer. Y es que la suprema gracia que los hados habían depositado en los humanos, la capacidad para engendrar una vida, le fue negada a los hombres, que recibieron a cambio el supremo castigo: la capacidad para matar, para engendrar guerras, para parir cadáveres. Y por eso precisamente enviaba al pasado a aquel Mariscal del Aire que se pavoneaba de sus insignias y sus medallas; porque era un hombre y, como tal, era una máquina de matar absolutamente prescindible.

—¿Razón de más? —dijo la máquina de matar, ante la mirada impasible de Federica.

Aquel hombre, aparte de prescindible, era tonto.

—Está muy claro, Mariscal —usó por primera vez su rango al dirigirse a él, un poco como mofa—. El Teseracto sólo puede ser penetrado con nuestra tecnología en las instalaciones de La Presa. Si cree que no estuvo allí es porque estuvo y no lo recuerda o...

Dejó la frase en suspenso. Pilar y Wolfram se cogieron de la mano debajo de la mesa. Federica pensaba que las relaciones de pareja eran una esclavitud, un yugo en torno al cuello de la mujer. Qué desagradable escena.

—...o porque estará en el futuro en el Teseracto —prosiguió— y ello le permitirá cumplir la misión que le encomiendo y perder esa cartilla. Lo que nos lleva irremediablemente a este momento y lugar. Debe usted iniciar un viaje que ya hizo. No puede deshacerse. Es su destino.

En ningún momento de la conversación, Federica dejó entrever que el viaje en el Teseracto fuera algo electivo. Debía tomar un avión hacia Asturias o morir en aquella misma sala. Wolfram lo vio en los ojos diminutos, azabaches, feroces, que se escondían detrás de unas gafas gruesas, de culo de botella. También se dio cuenta que su mujer, en tanto que española, podía perfectamente acabar en uno de los muchos Centros de Rehabilitación Revolucionaria que perlaban la península ibérica.

—Iré a donde usted me diga —dijo por fin, derrotado por aquel extraño giro del destino.

Miguel Sañudo no le había hablado a Von Richtoffen de los Campos Baldíos, de que parte de su misión era descubrir qué los provocaba. Tenía órdenes terminantes de no hacerlo. Los Campos eran cosa suya y el asesinato de Di Stéfano cosa del alemán. Eso sí, debía vigilarle en todos sus movimientos. No en vano sospechaba que la presencia en el pasado de Von Richtoffen en el interior del Teseracto, era la causa del desequilibrio cuántico que provocaba aquella plaga que asolaba media Europa. Se calculaba que en la actualidad casi un veinticinco por ciento de la superficie de España eran Campos Baldíos. Y la cosa iba a más. Había que actuar y había que hacerlo rápido.

Pero, ¿cuándo podía haber estado Wolfram en el gusano si lo habían penetrado por primera vez pocos días antes? Y ese primer día encontraron la cartilla con los datos del Mariscal.

Por todo ello, para preservar la seguridad, que era la máxima obsesión de las autoridades anarquistas, habían retirado dos cadáveres que encontraron también en el interior del gusano y los estaban examinando forenses de la FAI. Uno, el que llevaba la cartilla, debía ser Wolfram; el otro, presumía, él mismo. Lo cual no era en modo alguno buena señal.

—Mejor deje su Pasaporte en el interior del gusano —dijo Miguel, esperando que librándose del recordatorio de cómo habían fracasado y muerto anteriormente en aquel mismo lugar, pudiese quitarse de encima la sensación ominosa de peligro que le embargaba.

Wolfram miró el interior de aquella bestia repleta de salas y bóvedas. Le asqueaba aquel lugar. Cogió el pasaporte del bolsillo interior de su chaqueta y lo arrojó a la columna más próxima.

—No lo había visto en años. No significa nada para mí. Ni siquiera comprendo cómo puede haber llegado aquí.

—Mejor no saberlo.

Ambos se miraron, sombríos. El agujero de gusano se abrió mostrando una puerta al pasado.

—¿Preparado? —preguntó Wolfram.

—Todo listo —respondió Miguel, mientras pensaba en la sinrazón de los gobernantes, que decidían que durante una misión en que estaba en juego el futuro del planeta entero, comenzaran por algo tan banal como el fútbol. Maldijo en voz baja cuando comprendió la verdad. No, era lo lógico. Habían empezado por lo más importante. Porque el fútbol tenía un poder sobre las masas que no era superado ni por el terror a los Campos Baldíos.

Sañudo había preparado el salto en la época en que Di Stéfano rodaba *En Los Mismos Colores*, una comedia en la que compartía cartel junto a Mario Boyé y Norberto Méndez, estrellas del futbol argentino como él, leyendas del Boca Juniors y del Huracán, respectivamente. Aquel había sido un año de transición en la vida del crack argentino, pues una huelga de futbolistas había paralizado el campeonato. Federica Montseny había calculado que un año ocioso era el mejor momento para matarlo. "Estará descuidado, desentrenado, con la guardia baja. Un tiro en la cabeza y volvéis al gusano a buscar el origen de los Campos Baldíos". Miguel se daba cuenta que la señora presidenta pensaba que las tareas que realizaban los hombres de acción eran elementales y previsibles, que apretar el gatillo era una cosa simple, especialmente cuando había que disparar sobre otro hombre, sin duda tan elemental y "engreído" y previsible como su atacante.

Se abrió el portal y salieron al exterior. No sabían que el Teseracto había tomado el control de su destino, que una vez más intentaba mostrarles algo importante, una nueva pieza de un puzzle que no alcanzaban a percibir en su totalidad. Por eso se quedaron boquiabiertos cuando apareció ante ellos una hondonada rodeada de tres cerros bajos. A lo lejos se oía el cañoneo incesante de la artillería sobre una línea de fortificaciones.

—¿Dónde estamos? —dijo Von Richtoffen.

—Ni lo sé ni me importa —replicó Miguel, retrocediendo de regreso al gusano—. Tenemos muy poco tiempo. Debe haber sido un error.

A Wolfram le extrañó todo el asunto pero Sañudo era el experto. Él sólo era su acompañante.

Pero volvió a suceder cuando Miguel trató de buscar de nuevo su destino. En lugar del paisaje ondulado, de suaves colinas, de la pampa bonaerense, el Teseracto les mostró una fiesta repleta de caballeros prusianos de uniforme, que reían muy animados.

—¡Espere! —chilló Wolfram—. Eso que vemos me resulta familiar.

—Me trae sin cuidado —dijo Miguel, muy nervioso, mientras manoteaba las oquedades del gusano buscando nuevas aberturas—. Hemos venido a cumplir nuestra misión, y eso es lo que haremos. ¿Ha traído su arma?

Wolfram llevaba un moderno revólver Smith & Wesson's, que sujetaba con una mano temblorosa en dirección a un adversario aún invisible.

—Aquí la tengo.

—Perfecto —dijo Miguel, que había conseguido que el gusano le mostrase una imagen de la Basílica del Pilar, en la Plaza de la Recoleta. En pocos segundos llegarían a Buenos Aires y, si todo salía según lo previsto, en pocas horas Di Stéfano estaría muerto y ellos de vuelta, preparados para completar su misión.

—Quiero acabar con esto cuanto antes —dijo Wolfram, cuando se materializaron al otro lado.

—Estoy de acuerdo con us...

Miguel no pudo acabar la frase. No estaban en la Argentina de finales de los años cuarenta. Se hallaban delante de una gran mesa de conferencias a la que rodeaban un grupo de generales y altos mandos vestidos con uniformes de la Whermacht alemana. Y al fondo, un hombre pequeño con un bigote ridículo, que levantó la vista al verlos y retrocedió instintivamente. Era Adolf Hitler y estaban en la Guarida del Lobo, en medio de una reunión del Estado Mayor.

—¡Un atentado contra el Führer! —gritó el Oberst Vorbe Wusste, un hombre de mirada fría, que señaló en su dirección incluso antes de que aparecieran, como si de alguna manera hubiese intuido su presencia.

Wolfram trató de lanzar su arma al suelo y levantar los brazos. Miguel hacía lo propio, aunque no llevaba ninguna arma encima ni pensaba que nadie pudiera considerarle un peligro. Pero no sirvió de nada. No reaccionaron lo bastante rápido. Diez, doce armas distintas crepitaron y los cosieron a balazos.

Mientras caía, Sañudo oyó que un oficial se inclinaba junto a Wolfram.

—¿No es el mariscal Von Richtoffen? —dijo el coronel Brandt—. Aunque parece algo más mayor pero yo creo que es él. Había oído que estaba en Italia, al mando de la flota aér...?

No pudo seguir hablando. Alguna cosa crepitó en la lejanía y el universo terminó su andadura una vez más.

Se había gastado otra oportunidad para solucionar aquella paradoja. Muy pronto sería imposible deshacer todo el mal que se había hecho al continuo espacio-tiempo.

Y el universo desaparecería de una vez por todas y para siempre.

8

DER WIDERSTAND
(1 de Julio de 1945)

DIARIO DE WOLFRAM VON RICHTOFFEN
(Fortaleza-Presidio de Bad Ischl)

La señorita Douglas y yo nos lanzábamos miradas cargadas de reproches y de recelo. El cruce de palabras que acabábamos de tener nos había dejado exhaustos; la alusión a los juicios de Nüremberg nos había puesto a la defensiva. Ella hubiese querido un hombre menos orgulloso de su carrera militar, menos arrogante, y seguramente también menos amnésico y mucho más colaborador. Yo hubiese preferido alguien menos hostil, alguien que no me hubiese juzgado y condenado antes de tomar siquiera el avión que le había traído desde Berlín a esta prisión austríaca donde languidezco.

La arrogancia de ambos había añadido odio al odio. De momento, nada podía hacerse para bajar las defensas, para reflexionar sobre lo dicho, para atemperar los ánimos de dos púgiles dispuestos a lo que fuera para no ceder un palmo de terreno. Elsie, demasiado testaruda para hacer un receso cuando quedaban tan pocos minutos de reunión, mostraba unos labios temblorosos, como si le costase mantener las formas y comportarse educadamente con un criminal de mi calaña.

—La última vez que hablamos... —Suspiró, tratando de calmarse—. Ayer me dijo que quería hablarme del intento de asesinato de Hitler. ¿Acaso estuvo usted implicado?

El mero hecho de barajar la posibilidad de que yo pudiera ser uno de los conspiradores, hizo que revaluara mi figura por un instante. Sus pupilas se estrecharon y esbozó una especie de mueca que pretendía ser amigable. Al fin y al cabo, si yo había intentado matar al gran archinazi, no podía ser sino un nazi de segunda clase o un antinazi. Lo que Elsie no parecía entender, es que yo no era para nada un nazi. En absoluto. Y nunca lo había sido.

—Supongo que se refiere a la bomba de Stauffenberg del veinte del julio del cuarenta y cuatro. Porque hubo otros intentos...

—Explíqueme lo que sepa de la *bomba* en la Guarida del Lobo —dijo, enfatizando la palabra "bomba", como si el continente pudiera de alguna forma suplantar el contenido, y las dos sílabas estallarle en la cara—. Naturalmente, si sabe cualquier cosa nueva de *Der Widerstand*, me gustaría oírla, no le quepa duda.

Había pronunciado "la resistencia" en alemán. *Der Widerstand* era el apelativo con que popularmente se conocían los intentos desde el seno del ejército de deponer a Hitler mediante un golpe de estado. Era un tema espinoso, del que todos habíamos oído hablar y ante el que todos habíamos estado sordos durante años. Muchos queríamos que Hitler muriese pero pocos parecían dispuestos a ensuciarse las manos. Yo siempre estuve muy ocupado obedeciendo órdenes y me faltó tiempo para conspirar. Tal vez, también me faltó voluntad. Lo que nadie dudaba es que, de haber triunfado *Der Widerstand*, a todos nos habría ido mucho mejor.

—Yo no sabía nada del golpe hasta minutos antes de su ejecución —dije, tratando de medir mis palabras—. Sin embargo, podría haber avisado al Führer y no lo hice. Me quedé sentado a la mesa en la Guarida del Lobo preocupado sólo por mi propio pellejo. Por mí, él y toda su camarilla podían saltar por los aires. Lo sentí por gente como el coronel Brandt. Un buen hombre; era de los que más detestaba a Hitler y tuvo que sufrir los efectos de la deflagración mientras el monstruo salía indemne de la cabaña cogido del brazo de Keitel.

—¿El coronel Brandt era amigo suyo?

—Tanto como amigo... —repliqué—. Le respetaba. Y eso, créame, era mucho decir en aquel tiempo. Había mucha gente alrededor de Hitler que no me merecía el menor de los respetos. Lamenté que Brandt resultase alcanzado por aquella bomba.

Elsie meneó la cabeza, abrió su carpeta y buceó en su interminable colección de documentos. Cuando levantó la vista parecía completamente contrariada.

—¿Seguro que estamos hablando del atentado de Stauffenberg? ¿Usted estuvo allí, en torno a la mesa?

—Claro —repuse, pero aunque iba a continuar, las palabras se helaron en mi boca.

Había estado, ¿verdad? ¿O estaba en Italia cuando todo sucedió? ¿No era más cierto que en julio del cuarenta y cuatro comencé a sentirme mal, a tener jaquecas, vómitos y a percibir olores extraños por todas partes? ¿Acaso no me estaba haciendo tratar por el doctor y acababa de llegar a su consulta cuando se supo lo del atentado en la Guarida del Lobo? Sí, yo estaba allí, escuchando la radio junto al galeno, presa de la excitación, y no en Prusia con el Führer; ¿o fue al revés? Un momento, ¿cómo era posible que recordase dos situaciones absolutamente contradictorias? ¿Cómo era posible que...?

—¿Ve usted? —dijo Elsie, interrumpiendo mis razonamientos, al tiempo que me tendía una hoja de papel que, inmovilizado como estaba, sólo pude ver contonearse delante de mi nariz. El rostro de la muchacha se había teñido súbitamente de púrpura. Me miraba con expresión iracunda y una vena palpitaba en su cuello—. Aquí dice que Wolfram Von Richtoffen estaba en Italia al mando de la Segunda Flota Aérea el día del atentado. Conocemos todos sus movimientos de aquella semana, de las siguientes y aún de las anteriores. ¿Piensa que los americanos somos tontos, señor? ¿Que no le hemos investigado? ¿Que despertará mi simpatía diciéndome que estuvo en Gierloz el día que estalló la *bomba* y pudo detener la masacre, cuando es de dominio público que estaba a casi mil kilómetros bombardeando a nuestros muchachos con los aviones de su querida Luftwaffe?

—Pero, pero... —balbucí, abrumado por la situación y por los datos confusos que mi mente me proporcionaba —. Yo le prometo que estuve. El Conductor de Almas me llevó y yo conseguí permiso para explicar la situación en el Frente Sur. Cuando la bomba estalló estaba Heusinger leyendo su informe sobre el Frente Oriental. Al acabar, hubiera sido mi turno. ¡Es la verdad! El Conductor estaba buscando sus malditos diez minutos y yo sólo quería que me dejase en paz y que terminasen las migrañas cuando...

Elsie se había puesto en pie. Sus ojos lanzaban chispas.

—¿De qué demonios me habla? ¿Quién es ese Conductor de Almas? ¿Me está contando algo real o se lo inventa sobre la marcha? —me señaló con un dedo acusador que ahora temblaba tanto o más que sus labios o que la vena palpitante del cuello—. Le prometo que si trata de hacerme perder el tiempo con sus alucinaciones y su estúpida palabrería, mi informe será todavía más demoledor. De inicio le he dejado claro que no somos amigos, pero si lo que quiere es que seamos enemigos, es cosa suya, Richtoffen.

—Yo no quiero ser su enemigo —suspiré, con voz cansina—. Le digo la verdad, al menos la verdad que recuerdo.

De repente, se escucharon voces extramuros. Eran gritos, lamentaciones, amenazas e insultos. Me pareció incluso oír el tableteo lejano de una ametralladora.

—¿Qué está sucediendo? —inquirió Elsie, volviéndose hacia Roderick y Johnston.

Las detonaciones se redoblaron, también las voces de soldados que parecían llamarse los unos a los otros. Primero, pareció que el sonido procedía de apenas unos metros más allá, acaso tras la pared de piedra que quedaba a nuestra espalda. Luego pareció que tras el balcón a nuestra izquierda se oían ruidos de pasos, de misteriosas galopadas sobre el asfalto, pero luego comprendimos que todo aquel estrépito venía de muy lejos, como si llegase amortiguado a través de puertas y ventanas, o que no proviniese de ninguna parte sino de todas a un tiempo.

Cuando las voces se apagaron, desde la lejanía persistió un único y hondo lamento. Los presentes aguzamos el oído y no tardamos en comprender que era un hombre que sollozaba y aullaba de dolor. Elsie pareció reaccionar en ese instante y mandó a los dos celadores a comprobar lo que fuera que estaba sucediendo. Ellos obedecieron a la carrera, dejando la puerta de la sala abierta de par en par.

—Parece que ya no tiene miedo de quedarse a solas conmigo —observé, con un deje de ironía. Elsie, todavía turbada por lo que terminaba de suceder, tardó un instante en responderme.

—No tengo miedo de usted, Richtoffen.

—Como antes dijo que había sido travieso...

La muchacha sonrió.

—Travieso con el pobre Roderick; conmigo no se atrevería. —Mientras hablaba, la muchacha saco un pequeño revolver con empuñadura de nácar de su bolso— Además, si por alguna razón decidiese ponerse en pie y abalanzarse sobre mí, creo que tendría que hacerle un juicio sumarísimo aquí mismo. Supongo que me entiende.

El cañón del arma me miraba quedamente, con su boca orbicular danzando suave, mientras me lanzaba bruñidos destellos, como tratando de hipnotizarme.

—Sabe bien que no tiene nada que temer de mí, señorita Douglas.

—Yo no sé nada de usted. Nada. Ni quién se esconde tras esa fachada de alucinado, ni lo que pretende, ni el alcance exacto de sus faltas o de su implicación con esos canallas del partido nazi, ni si en verdad está tan enajenado como parece o si por el contrario... —Se encogió de hombros y guardó su arma de nuevo en el bolso— No sé nada de usted, Richtoffen. Pero créame que antes de que termine mi misión en Bad Ischl lo voy a averiguar.

—Por el bien de los dos, espero que así sea.

Elsie Douglas volvió a sonreír, no sé si desde la superioridad o desde la desconfianza.

—Y ahora, Mariscal, ¿sería tan amable de explicarme lo que sepa de la resistencia alemana contra el tirano, de *Der Widerstand*? Y, por favor, nada de desvaríos ni de mentiras, si es posible.

¿Cómo explicarle que no mentía? ¿Cómo obviar algo que recordaba como cierto? De momento, pensé, mejor sería ceñirme a los hechos probados. Luego ya habría tiempo para ir un poco más allá. Hacer memoria me serviría para entenderme mejor a mí mismo y al momento presente. Al menos, podía tener la presunción que un ejercicio semejante serviría para algo, aunque no confiase demasiado en que, finalmente, condujera a alguna parte.

Porque nada podía salvarme.

9

RAMÓN SERRANO SUÑER

(1964)

Karl Schwarzschild se moría. Sentado delante del agujero de gusano que había abierto el científico español Miguel Sañudo, sentía que sus huesos, su sangre, su piel entera se iban degradando lentamente. Karl pertenecía a un tiempo en que no se conocían los daños por radiación, y palabras como *apoptosis* le eran completamente ajenas cuando comenzó su viaje, aunque más tarde creyera que era eso lo que le estaba matando. De nada le hubiera servido que alguien le explicara que su ADN estaba reaccionando con los radicales libres, mutando y destruyendo sus células. No necesitaba que nadie se lo dijese. Notaba que su tiempo llegaba a su fin. Por eso, cuando en el futuro encontró información sobre los efectos nocivos de la radiación, fue a un médico y le preguntó si se estaba muriendo a causa de los radicales libres, de la mutación de sus células.

—¿Trabaja en alguna instalación nuclear? —inquirió el médico.

—No.

—¿En algún otro lugar o espacio de riesgo, como unos servicios de Rayos X o de radioterapia?

—No.

—¿Entonces qué le ha hecho pensar una cosa tan peregrina? No lo habrá mirado en Internet, ¿verdad? —El médico alargó un dedo y lo movió delante de su cara, como si estuviera hablando con un niño que se había portado mal—. No, usted no padece nada relacionado con la radiación —añadió al fin.

Y le explicó lo que le sucedía. Un mal terrible, pero que no tenía porqué matarle si ingresaba en un hospital y se trataba con algunos fármacos modernos. Karl le dio las gracias. El médico ignoraba, por supuesto, que su paciente no tenía Seguridad Social, ni ingresos, ni pertenecía siquiera a aquel tiempo sino a uno en que su enfermedad era incurable.

Además, no tenía tiempo para curas improvisadas. Tenía que encontrar la solución a los males que aquejaban al mundo y no a los suyos propios. Por eso sabía que su tiempo tocaba a su fin, pero lo peor de todo es que moriría en vano, porque no había conseguido frenar la paradoja que estaba destruyendo el universo.

No había conseguido encontrar los diez minutos que se habían perdido. Y seguía muriéndose, lenta, inexorablemente.

Pero lo más curioso es que no sentía dolor. Vomitaba, tenía náuseas todo el maldito día y le habían salido ampollas, tumores, un cáncer tras otro... por todo el cuerpo. Primero en el dorso de las manos, luego en el tronco, por todas partes; finalmente en la cara. Pero no sentía dolor. A veces caía desmayado y estaba seguro de haber entrado y salido del coma menos dos veces. Pero no le dolía gran cosa seguir vagando por el mundo, como un espectro, en busca de respuestas. Qué final más absurdo para un hombre de ciencia. Para cualquier hombre.

Levantó su vieja pistola y apuntó a la abertura del Teseracto. No salió nadie. Rió, extenuado, al darse cuenta que ya no tenía la pistola en su mano. Se la había dado al segundo Sañudo para que matase a Von Richtoffen. A su lado descansaba el cadáver del primer Sañudo, al que había matado hacía una hora y media hora al menos. Luego había salido el segundo Sañudo y habían hablado largo rato hasta que le hizo entender que debía asesinar a Wolfram para detener aquella locura. Sañudo le dijo que Wolfram estaba haciéndose pasar por reportero para poder entrevistar a un futbolista. Al menos, eso había entendido, porque su español era tan malo como el alemán de Miguel, y se habían pasado todo el rato alternando frases con el lenguaje de signos hasta que consiguieron un remedo de entendimiento. ¿Un futbolista? ¿Usaban un agujero de gusano para hablar con un deportista? El mundo que había surgido de la paradoja debía ser un lugar enloquecido y absurdo. Tal vez no demasiado distinto del mundo que conocía.

Schwarzschild miró su reloj. Hacía un buen rato que Miguel debería haber asesinado a Von Richtoffen en Argentina, donde estaba el futbolista. Eso debería haber detenido la paradoja. Pero, ¿y si había fallado? ¿Y si Karl se equivocaba y la muerte de Richtoffen no cambiaba nada? La enfermedad que lo estaba matando, se llamase como se llamase, le devoraba también la inteligencia. Tal vez no fuera capaz de advertir algún detalle decisivo y hubiera cometido un error de cálculo.

¿Y si estuviese equivocado en todo? ¿Y si los diez minutos ni Von Richtoffen fueran la causa primera sino efectos de la paradoja original, víctimas colaterales de un gigantesco error cósmico? Volvió a mirar al lugar donde nacía el agujero de gusano de Sañudo. Una vieja alberca junto a dos casas de piedra. Nada. Ningún movimiento, sólo silencio.

Un ave negra como la noche graznó mientras alzaba el vuelo. Un pastor avanzaba en la lejanía acompañado de un perro y dos vacas. Karl Schwarzschild suspiró. ¿Qué demonios estaría retrasando a Sañudo?

Miguel Sañudo había muerto dos veces desde la última vez que hablara con Schwarzschild. Había muerto en Argentina, luego de matar a Von Richtoffen y que ello no detuviese la paradoja. Había muerto en la Guarida del Lobo, cuando el Teseracto les envió al día en que intentaron matar a Hitler con una bomba. Les acribillaron a balazos. Murieron de nuevo los dos juntos como ya sucediera también alguna vez anterior. Pero la paradoja continuaba, implacable.

Actualmente, en una nueva versión de mil novecientos sesenta y cuatro, los Campos Baldíos ocupaban ya casi la mitad de la superficie del planeta. El terror se había extendido en los mercados y se había producido un nuevo crack bursátil el año anterior. Nunca se había visto tanta pobreza en Europa.

Por eso el futbol era más necesario que nunca. Las masas hambrientas, sin trabajo, sin esperanza, necesitaban el deporte como una vía de escape a sus miserables vidas. Kubala y Di Stéfano eran las dos grandes figuras del momento, no sólo por haber conducido al F.C. Barcelona a conquistar ocho Copas de Europa consecutivas sino porque los estados se habían valido de su imagen para que esas masas hambrientas que tanto temían tuvieran algo en qué soñar, algo que les alejase de la vida real. En cada esquina, en todas las ciudades del mundo, podías encontrar pegados a las paredes pósters del Barcelona, con la efigie de alguno de sus jugadores aconsejando esfuerzo, civismo, compromiso con la situación de dificultad que vivía la economía mundial. No había que alzarse contra los gobernantes, al fin y al cabo ellos no tenían la culpa de los Campos Baldíos. Las masas no debían convertirse en "indignados" y tomar las calles. ¡No! Debían quedarse en casa y escuchar en la radio la final de la Copa de Europa. O ir al bar y contemplar desde un televisor la final de la Copa de Europa. O comprar un periódico y leer algún artículo sobre las posibilidades de cada equipo y las entrevistas con los jugadores que iban a jugar la final de la Copa de Europa. Tanta expectación había despertado el evento que el partido se retrasó cuarenta y ocho horas. Nadie podía faltar: ni reyes, ni príncipes, ni ninguno de los medios acreditados, que alcanzaban los quinientos, todo un record para la época. El partido tendría que haberse celebrado el veintisiete de mayo y acabó por disputarse el veintinueve. O esa era la idea. Porque el encuentro no se disputaría jamás.

En España gobernaba Ramón Serrano Suñer, que había tomado el timón del estado luego de que Francisco Franco, el Generalísimo, muriera en un atentado del maquis poco después de terminada la guerra civil. Ramón era el cuñado de Franco, ya que se había casado con Ramona, la hermana de su mujer, Carmen Polo. Y todos veían en Franco y Serrano dos almas gemelas, con una unidad de pensamiento y de ideas que convertía al segundo en su heredero natural. Serrano había sido antes de la guerra diputado de la CEDA de Gil Robles y más tarde ferviente germanófilo, lo que había provocado que España interviniese en la Segunda Guerra Mundial. Luego de que Hitler arrasase a las fuerza aliadas, Ramón Serrano Suñer se convirtió en uno de los tres grandes estadistas del conflicto, junto a Benito Mussolini y con el Führer, todopoderoso, en el máximo escalón de un imaginario podio de vencedores.

Y precisamente allí estaban los tres, en el palco de honor del Praterstadion de Viena, en un encuentro que servía de símbolo de los tres pueblos que habían emergido como grandes potencias tras el conflicto mundial. La Italia del casi octogenario (por unos días tan sólo) Mussolini, representada por el Inter de Milán. La España de Serrano, representada por el Barcelona (aunque todos hubiesen preferido al Real Madrid, asunto que acaso se solucionase en breve gracias a un agujero de gusano); y la Gran Alemania de un decrépito Adolf Hitler, representada por la ciudad organizadora del evento, la Viena inmortal, la capital de la Marca Este del Reich.

Pero ninguno de ellos sabía que aquel año de mil novecientos sesenta y cuatro apenas sí se sostenía en pie. Al retrasar el partido, sin saberlo, habían postergado el viaje de Von Richtoffen y Sañudo al pasado. El Teseracto no pudo mantener por más tiempo la existencia física de aquella nueva realidad. La inestabilidad de aquella línea temporal era cada vez mayor y las opciones de solucionarla se estrechaban a cada minuto.

Wolfram Von Richtoffen acababa de sentarse en su lugar en la tribuna cuando oyó aquel sonido. Era algo parecido a un papel que se rasga, a un crujido que surge de ninguna parte y te agarra de las entrañas. No sabía la causa, pero aquel rumor terrible le resultó familiar, como si ya lo hubiera oído otras veces. Cogió la mano de su mujer, que temblaba.

—No te preocupes, mi amor —le dijo.

Pilar sonrió y a Wolfram le pareció que el óvalo de su rostro era la cosa más hermosa del universo.

—No estoy preocupada —repuso ella. Pero mentía.

El estadio del Prater había sido inaugurado en mil novecientos veintiocho para conmemorar el décimo aniversario de la existencia de Austria, país que ahora formaba parte de la Gran Alemania. Inicialmente albergaba no más de sesenta mil localidades, pero había sido remodelado recientemente, pensando en aquella final, hasta alcanzar las noventa mil. Y noventa mil almas bramaron como una sólo voz cuando el sector B, donde estaban las cabinas de la prensa, desapareció de un plumazo, centenares de rostros anónimos borrados por el dedo translúcido de una neblina ominosa que avanzaba grada a grada, fila a fila de asientos, con una rapidez que superaba lo imaginable. Aquellas voces gritaban, en todos los idiomas conocidos, de una forma gutural:

—¡Los Campos Baldíos!

—¡Corred, corred, por el amor de Dios!

El estadio fue engullido en apenas cinco minutos. Muchos intentaron huir pero apenas un puñado lo consiguieron, aquellos que aún estaban al comienzo de los túneles que ascendían hacia los diferentes sectores.

Wolfram Von Richtoffen era un hombre acostumbrado al peligro. Había tenido que eyectarse de un avión en llamas, había sido abatido por el fuego enemigo, había luchado y ganado, había luchado y perdido. Sabía cuándo no vale la pena seguir batallando y debe uno encajar la bofetada con el honor intacto, como un soldado.

Mientras todos huían despavoridos ellos se quedaron en sus asientos.

—Te quiero —le dijo a su mujer, apretando aún más fuerte aquella mano blanquísima, diminuta, perfecta.

Pilar asintió y se abrazó a su esposo, reposando su cabeza contra su hombro. Pensó en su familia, muerta en un bombardeo en Guernika durante la guerra civil española y una parte de ella se alegró de reencontrarse con los suyos: su padre, la pequeña Uxue. Ahora se cerraba el círculo.

—Por lo menos estamos juntos, amor mío —
añadió Wolfram, con un hilo de voz. Y por alguna razón que sólo conocen los enamorados, ello les consoló en la muerte.

Karl Schwarzschild seguía esperando que alguien surgiese del agujero de gusano. Miguel Sañudo, o mejor, Von Richtoffen. Así se daría el gusto de matar a aquel idiota que había puesto en peligro el universo.

Karl meditaba y continuaba su espera mientras su cuerpo seguía mutando, convirtiendo sus células en tumores, y le acercaba un paso más hacia el ocaso.

—¡Maldita sea! ¡Maldito universo! —se lamentó.

Aguzó el oído. Un avión sobrevolaba la montaña que se erguía a su espalda. Era un Henschel HS-126, un prototipo de avión de reconocimiento que estuvo a prueba en la Legión Cóndor durante la guerra civil. Porque precisamente se hallaban en mil novecientos treinta y siete, en Asturias, en el pueblo de La Presa, en el momento justo en que se inició la paradoja.

Karl Schwarzschild contempló desapasionado aquella escena que había revisado una y mil veces en busca de una explicación. Pero sucedió lo mismo de siempre. El avión viró bruscamente y comenzó a descender. Aterrizó en un claro, llevándose por delante arbustos y maleza. Wolfram saltó del aparato y lanzó un papel al suelo. Lo pisoteó y se echó a llorar. Le dio una patada. A pocos metros, Sañudo salió del agujero de gusano con una expresión de triunfo en el rostro.

Allí se había producido la paradoja. Von Richtoffen había interactuado de una manera que desconocía con el Teseracto de Sañudo. No sabía cómo, pero era la única explicación. Karl había sido testigo de excepción, subido a una loma cercana. Demasiado cerca para verlo todo, demasiado lejos para apreciarlo con todo el detalle que desearía.

Karl intentó, una vez más, examinar aquella escena. Retener el conjunto, y luego hasta el más mínimo de los detalles.

Se vio a sí mismo subido a la loma; un Karl Schwarzschild distinto, más seguro de sí mismo, sin tumores, aún ignorante de que la desgracia se abatía sobre su pobre existencia. También podía reconocer a Miguel Sañudo, dando saltos de alegría, tomando apuntes en una libreta, convencido de haber culminado con éxito uno de los descubrimientos más grandes de la historia de la humanidad.

Por último estaba Von Richtoffen, que al escuchar el ruido de los saltos y las exclamaciones de Sañudo, se agachó y luego puso cuerpo a tierra. Al fin y al cabo, estaba en zona enemiga, tal vez no supiera exactamente dónde, pero era consciente de que las tropas rebeldes no habían llegado tan al norte en aquel frente y combatían en ese momento a la altura de Santander.

No llevaría ni diez minutos en tierra cuando Wolfram, nervioso, oteó el horizonte y se subió de nuevo a su aparato, alejándose en dirección contraria al primer avión, el que se alejaba cuando su Henschel inició su descenso.

Y, de pronto, sucedió el milagro. Karl descubrió lo que se le había escapado desde el comienzo. La proposición que le faltaba a su hipótesis de trabajo. Airado, se dio un golpe en la frente. ¡Estúpido! Había estado tan ocupado mirando lo que sucedía en tierra que nunca hasta ese instante había prestado atención a las nubes.

—¡Hay otro avión! —dijo— ¡Había otro avión! —rectificó.

115

Pero no podía haber un segundo aparato. Lo habría oído, lo habría visto llegar. A menos que...

—¡Por el amor de Dios! ¡Soy un imbécil!

Karl echó a correr hacia la loma, donde se hallaba su propio agujero de gusano. Debía viajar hasta la prisión de Bad Ischl y hablar con el otro Wolfram Von Richtoffen, el de su propia línea temporal, el idiota amnésico que le llamaba Conductor de Almas.

Tal vez aún estaba a tiempo de salvar el futuro de la humanidad.

10

LOS JUEGUECITOS DE VON RICHTOFFEN
(1 de Julio de 1945)

DIARIO DE WOLFRAM VON RICHTOFFEN
(Fortaleza-Presidio de Bad Ischl)

Elsie Douglas seguía esperando que le hablara de Der Widerstand, de los intentos de asesinar a Hitler, de cuanto supiera o hubiera oído al respecto. Así que eso hice.

—La Resistencia —dije—, comenzó desde el día en que Hitler subió al poder. Hubo alcaldes que elevaron protestas contra la persecución de los judíos y de sus símbolos religiosos, embajadores que dilapidaron su carrera por enfrentarse a las órdenes racistas que les enviaban desde Berlín, abogados, juristas, militares de baja y media graduación... muchos estaban implicados en un plan sin objetivos claros que aún estaba en pañales.

«Los primeros años fueron los más difíciles. La bonanza económica del país y las victorias diplomáticas primero y militares después, convencieron a muchos que pese a los defectos del nazismo, éste era lo mejor para Alemania. Curiosamente, desde casi el comienzo, los Servicios de Inteligencia Militar, dirigidos por el almirante Canaris y el coronel Oster, en lugar de valerse del espionaje para favorecer a Hitler, lo hicieron para perjudicarle, pues aunque la inmensa mayoría de los que servían en los servicios secretos eran fieles a Hitler, la cúpula siempre se mantuvo firme en su oposición al Führer.

«De la mano de la Inteligencia Militar fueron sumándose al complot, aún sin objetivos ni fechas definidas, comandantes de división y otros altos mandos del ejército, como Von Witzleben, que comandaba el distrito militar de Berlín o Beck y Halder, jefes del Estado Mayor.

«Hubo un primer intento de detener a Hitler durante la anexión de Checoslovaquia pero, paradójicamente, la actitud de las democracias occidentales, permitiendo que Alemania ocupase el país sin sanciones ni oposición, hizo que el complot se viniese abajo por falta de apoyos.

«Durante la guerra hubo varias tentativas de asesinato. El que estuvo más cerca no fue el de Stauffenberg en la Guarida del Lobo sino el de Von Treskow un año antes, cuando Hitler, durante una visita al frente del Este, viajó centenares de kilómetros con una caja de coñac que en realidad contenía un potente explosivo. Pero la bomba falló y un segundo intento pocos meses después corrió la misma suerte porque Hitler, que debía quedarse veinte minutos en la habitación donde debía estallar, marchó precipitadamente, obligando a los conspiradores a desactivar el artefacto a toda prisa para que no les delatase.

«La suerte seguía sonriendo al Führer y le sonrió hasta el final, pues los Servicios de Inteligencia Militar fueron puestos en tela de juicio y su líder Canaris apartado del servicio, con lo que los conjurados se quedaban sin una de sus bazas más importantes: la información, así como la libertad para comunicarse entre ellos valiéndose de los canales del servicio secreto. Por tanto, tenían que darse prisa y organizar una acción definitiva que acabase con Adolf Hitler y permitiese a Alemania una rendición honrosa.

—La bomba de Stauffenberg —me interrumpió Elsie Douglas, que no paraba de tomar apuntes.

—Pero todo esto usted ya lo sabe —argüí, sintiéndome algo fatigado. Incluso bostecé. Llevaba días durmiendo muy mal y de pronto se me vino encima el cansancio acumulado—. El fracaso de la operación Valkiria, que así se llamaba el complot, acabó con la práctica totalidad de los que intentaban ajusticiar al dictador desde dentro del sistema. Algunos creyeron que Hitler había muerto en el atentado y se levantaron contra el Reich. La resistencia apenas duró unas horas. Todos o casi todos los que he nombrado, y muchos otros, fueron humillados públicamente y ejecutados. Alguno, como Von Treskow, se suicidó de forma creativa, con una granada, haciendo ver que le había asesinado un partisano para que su mujer cobrase la pensión de viudedad. Pero la treta fue descubierta tiempo después y sus huesos fueron profanados para ser llevados al crematorio de un campo de exterminio.

Elsie enarcó una ceja.

—¿Y aún así justifica a esos jefes suyos, a los lideres del Tercer Reich?

—Yo no justifico a nadie, se lo juro. Yo sólo clamo mi inocencia.

En el ínterin, el alboroto de afuera parecía haber concluido y Roderick y Johnston regresaron acalorados. El primero respiraba con dificultad, por lo que tuvo que ser Johnston el que transmitiese el mensaje que traían:

—Tiene que ver algo, señorita Douglas. Es urgente.

Johnston siguió hablando, a borbotones, muy nervioso, y afirmó que nunca se había enfrentado a un caso semejante en toda su vida, que no entendía nada de lo que estaba pasando, que tenían que llamar a Berlín, a Washington, al mismo presidente si hiciera falta, vaya que sí, y que todo el mundo era presa de la más genuina excitación, que estaban de los nervios, vaya, que muchos habían perdido la calma y disparado su arma al aire, hacia las montañas, una vez las brumas habían engullido la primera torre de guardia. Por suerte, él, Johnston, estaba más entero que la mayoría y había conseguido poner un poco de orden, convenciendo a unos y a otros que debían traer a toda prisa a la señorita Douglas para que decidiese lo que debía hacerse o no hacerse, dijo por fin el celador, mientras se retorcía las manos y daba qué pensar sobre su afirmación de que él estaba más entero que la mayoría, y, de ser así, en qué estado podían hallarse los demás.

—¿No pueden llamar al Director de la prisión? —insinuó Elsie, escudándose en uno de sus papeles, que atrajo hacia su regazo como si se tratase de un niño desamparado—. Ya casi hemos terminado. En cuatro o cinco minutos se habrá cumplido mi hora de interrogatorio y, si el coronel, como máxima autoridad del centro, se hace cargo de este asunto, yo podría...

—¿El coronel? —Johnston soltó una larga carcajada, como presa de la histeria, y al poco Roderick le acompañó en sus hilaridad, formando un dúo sombrío y convulso— Me temo que el coronel es parte del problema, señorita. Mejor será que lo vea y juzgue por sí misma. Es que... vaya, una parte del coronel está aquí, en el presidio, pero la otra parte se la llevó la niebla, y está partido en dos, en medio del patio, aullando, señora—. De alguna forma, Johnston consiguió terminar su aserto y bajó los brazos, quedando encorvado como un viejo, perdidas todas sus fuerzas.

Elsie se incorporó lentamente. Puede sentir que le temblaba la voz:

—Me temo que tendremos que dejarlo para mañana, señor Richtoffen. Ahora Roderick le llevará a su celda —y añadió—: Johnston, si quiere acompañarme al lugar donde ha tenido lugar este suceso del que debo hacerme cargo, estaría encantada de...

No pude oír con claridad nada más. Elsie y Johnston caminaron hacia el fondo del salón y se quedaron hablando junto a la chimenea, cuyos últimos rescoldos se apagaban lentamente. El celador temblaba de pies a cabeza y la secretaria del fiscal Jackson le interpelaba sobre un sinfín de pormenores cuya naturaleza no terminé de comprender. Parecía que hablaban de los límites del campo, de su exterior, de nuevo hicieron referencia al coronel y a otros muertos y desaparecidos. Al comentar esto último me miraron un instante, cómplices de alguna cosa que tenía que ver conmigo. Johnston negaba, asentía, temblaba y movía las manos como enloquecido para al cabo quedar repentinamente laxo, como si fuera un pobre muñeco al que un titiritero borracho manejase a su albur.

Quizás fuera efecto del cansancio que experimentaba, pero tuve la impresión que Johnston hacía esfuerzos por no echarse a llorar y que la muchacha le consolaba, sosteniéndole maternalmente una mano. Me pregunté qué cosa infausta y terrible podía haber sucedido para que hombres hechos y derechos,

121

muchos de ellos combatientes veteranos, se viniesen abajo de aquella forma, o que necesitasen el concurso de un civil, por muchas prerrogativas que tuviera, sin actuar de forma autónoma siguiendo la línea de mando en la unidad que custodiaba el campo. Por supuesto, toda esa historia de una niebla que se lleva torres y parte en dos a los hombres no la creí en absoluto. Debía ser una broma macabra. Algo que tendría que ver con el sentido del humor de los americanos, y que yo, en tanto que alemán, no entendía. No sabría la verdad hasta muchas horas más tarde, por lo que en aquel momento no dudé en ponerme a fantasear sobre la causa real de tanto alboroto. Sin embargo, privado como estaba de elementos de juicio, todas mis conjeturas se venían abajo como un mal castillo de naipes. Cuando Elsie y Johnston abandonaron el salón a toda prisa, perdí toda esperanza de discernir de entre sus cuchicheos alguna cosa más que me ayudase a comprender qué sucedía en realidad.

Di un paso hacia la ventana más próxima y sólo pude ver que había empezado a nevar, que un sinfín de lágrimas blancas se precipitaban desde el cielo y cubrían ya una parte de la extensión de campos, muros y alambradas. Los contornos se volvían borrosos y sólo pude entrever a un par de soldados corriendo hacia la entrada principal. Traté de acercarme un poco más, pero entonces...

—Tenemos que irnos —dijo de pronto Roderick, asiéndome del hombro y sacándome del salón.

De nada sirvieron mis protestas y regresamos pues al laberinto de pasillos, camino de mi celda. Bajé demasiado lentamente unos escalones y recibí un culatazo de advertencia en la espalda. Por lo visto, mi guardián iba ahora armado con un rifle. Seguimos avanzando demasiado precipitadamente, dando tumbos de corredor en corredor. A lo lejos aún se oían ruidos inexplicables, aullidos, órdenes cruzadas y contradictorias, ruidos de pasos y algún tableteo aislado de ametralladora.

—¿Me puedes contar algo de lo que está sucediendo, por favor? —inquirí, tratando de sonsacarle a mi celador alguna información adicional.

Roderick tardó en contestarme. Tenía la boca pastosa y hablaba sincopadamente, con altibajos, como si apenas pudiera enlazar las palabras dentro de su boca.

—Camina, Von Richtoffen... o lo que seas. Bastantes problemas tenemos ya para seguir dándote coba con tus jueguecitos. Todo lo que pasa es culpa tuya.

Me revolví. Von Richtoffen ¿o lo que seas? ¿Jueguecitos? ¿Mi culpa? ¿Acaso aquel patán había terminado de volverse loco? Como tenía dudas al respecto, le pregunté si la visión de aquel espanto o lo que diantre hubieran encontrado ahí fuera, podría haber afectado su cordura. Se me ocurrió aderezar mi consulta con algún caso, del que yo había sido testigo, de soldados perfectamente equilibrados que un día no podían soportar más vivir en medio de una guerra y se saltaban la tapa de los sesos, se quedaban inertes mirando al techo o comenzaban a pensar que el mundo entero estaba conjurado contra ellos. Roderick pertenecería, a mi juicio, a este último tipo de enfermos y, de alguna forma, al menos como anticipación de un próximo futuro, también al primero o al segundo. Al celador, aquel comentario no le hizo demasiada gracia, como por otro lado era de esperar. Súbitamente, noté que me presionaba el hombro con mucha más fuerza. Me hacía daño.

—A mí no me engañas, maldito nazi, y todavía menos tus doctas palabras de aristócrata pomposo —comenzó mi celador—. Yo sé que todo esto es un jueguecito tuyo; los otros lo ignoran, corren por ahí afuera como gallinas sin cabeza y no entienden nada de nada. Pero yo te vi haciendo aquella vez uno de tus trucos de magia. Fue cuando me mordiste, ¿recuerdas? Estabas en un extremo de tu celda y apareciste desde el otro extremo para pegarme un mordisco. ¡Ñam! —Se echó a reír—. Qué bien lo pasaste a costa del bueno de Roderick, ¿no es así?

—No se de qué me hablas. ¡Y deja de pellizcarme el hombro, por el amor de Dios! —me deshice de su presa con un movimiento brusco pero perdí el equilibrio y caí de bruces en el suelo. Desde allí, sólo alcanzaba a ver el enlosado y las botas de mi enemigo; me sentí indefenso. Por un momento, llegué a temer que me patease consumido por su delirio, o lo que fuera que se había apoderado de él.

Por el contrario, Roderick se inclinó sobre mí. Tenía los ojos inyectados en sangre.

—Esto no es nada comparado con lo que te haremos cuando convenza a los chicos que eres tú el que está detrás de todo esto, Richtoffen. Porque eso de ahí afuera es un truco, más elaborado, con luces de colores y fuegos artificiales, como el ardid final del espectáculo de un mago. Pero es también un truco y nada más que eso. Así que ve rezando, amigo mío, que cuando te haya desenmascarado te las tendrás que ver con nosotros, y entonces comprenderás que no es buena idea jugar con fuego es un campo de prisioneros. No, para nada es buena idea.

Mientras Roderick desgranaba este demencial aserto, pasaron a nuestro lado dos enfermeros llevando a un herido. No se trataba de un prisionero, pues la figura que se retorcía y aullaba no vestía con ropas de civil, chaqueta azul y pantalón, como los míos. No, el hombre tendido en el interior de aquella camilla manchada de sangre era el coronel al mando del presidio. No recuerdo su nombre ni creo que nunca lo haya sabido.

—Wolfram, Wolfram... —me llamó el coronel, con voz entrecortada, en medio de dos guturales chillidos de dolor.

—¿Sí? ¿Nos conocemos? —le respondí, mientras trataba de incorporarme y sólo lo conseguía a medias, privado como estaba de los brazos por la camisa de fuerza. Finalmente logré quedar de rodillas y, apoyando la espalda en la pared, alcancé por fin la verticalidad. Roderick, lejos de ayudarme, había contemplado mis esfuerzos con renovada animadversión.

—¡Esa cosa se me llevó al otro lado! —chilló el coronel— ¡Se me llevó! Mis hombres me han traído de vuelta pero antes de que me liberaran de la niebla te vi, Von Richtoffen.

—¿Me viste? —Anonadado, bajé los ojos y descubrí que a aquel hombre le faltaba la parte inferior del tronco, tal y como había oído de labios de Johnston. No se lo había inventado. Ojalá lo hubiera hecho.

—Te vi volando sobre los cielos, en la cabina de un avión. Y llorabas, llorabas... las lágrimas te caían por las mejillas —El coronel me asió de la pernera del pantalón—. Aunque sabía que estaba muriendo, que la niebla se me llevaba para asesinarme, te juro que sentí pena por ti.

En ese momento, los dos enfermeros que lo transportaban giraron a la derecha en el primer pasillo; la mano del coronel me soltó y desapareció por el recodo, lejos de mi línea de visión. Debía sangrar profusamente, pues de la camilla chorreaba un hilillo nada despreciable de sangre, que había formado raros arabescos en el enlosado, siguiendo el zigzagueo carmesí de sus porteadores.

—¡Sentí pena por ti! —chillaba mientras se alejaba. Pero pronto dejé de oírle. Y se hizo el silencio. Roderick sacó algo de su cinturón y lo blandió sobre mi cabeza. Era su porra.

—Ya sabía que todo esto era uno de tus jueguecitos estúpidos —dijo, escupiendo un hilillo de saliva.

La porra impactó en mi cabeza con un golpe sordo. Di un paso atrás, sintiendo que algo caliente y húmedo corría por mi frente.

—Pero, ¿qué has hecho, Roderick? ¿Estás loco? La Convención de Ginebra dice...

Pero no pude acabar la frase. Mi celador no parecía conocer la convención de Ginebra ni los derechos que nos asisten a los prisioneros de guerra, por lo que no tuvo inconveniente en golpearme una segunda vez, en la nuca, con toda la fuerza de sus poderosos brazos.

—¿Ves lo que pasa por querer jugar conmigo de nuevo? ¿Ves lo que pasa por querer reírte de mí con tus jueguecitos, por intentar asesinar al coronel? —dijo el celador, asestándome un tercer golpe en la boca del estómago.

Luego no recuerdo nada más. Debí perder el conocimiento.

LIBRO SEGUNDO:

CONDUCTOR DE ALMAS

11

FRANCISCO LARGO CABALLERO
(1964)

El Presidente de la República esperaba en el exterior del Teseracto el resultado de la misión. Largo Caballero era el quinto Presidente español desde la victoria en la guerra civil, y con mucho el más querido por el pueblo. Se le consideraba uno de los padres de la revolución que había transformado el país tras el fin de la contienda, otorgando a las masas esos cambios radicales que demandaban tras la caída de militares y terratenientes.

Nada más estallar la guerra civil había proclamado, premonitorio, en el Congreso de los Diputados: "Al terminar la lucha, la estructura del país tendrá que cambiar completamente en el orden económico y en el orden social, y hay que decir a las masas que están luchando y vertiendo su sangre por la libertad de España. que no lo hacen en balde, que tendrán la recompensa que merece todo el proletariado".

Y había cumplido su palabra. Cuando el ejército faccioso, cautivo y desarmado, se rindió en Burgos, el país entero fue entregado a las masas y los comités que las dirigían.

Naturalmente, la revolución, la colectivización, la desaparición de las grandes empresas y con ellas del capital extranjero... habían conducido a unos años de escasez, de racionamiento y de hambre como nunca se habían conocido en la historia de España, lo que había provocado la caída en desgracia de todos los líderes históricos de la República en la década de los cuarenta y cincuenta. Pero ahora, pasados los noventa años y cuando una verdadera situación de emergencia azotaba al mundo civilizado, algo peor que la mala gestión económica o social, las Cortes se habían acordado de él una vez más. Por eso había abandonado su retiro, para luchar contra los Campos Baldíos y limpiar su nombre. Acabaría su vida salvando por segunda vez a la patria. En el fondo, siempre se había sabido predestinado a emprender grandes tareas como aquella.

Sin embargo, su primera decisión cuando llegó al poder fue utilizar el agujero de gusano, pero no para descubrir el origen de los Campos Baldíos sino para evitar que una crisis interna acabara con España antes que aquella bruma insondable que lo devoraba todo.

En el fondo, el futbol era un Campo Baldío, una cosa diminuta que crecía y crecía hasta envolverlo todo en su telaraña, pudiendo trastocar las leyes de la realidad, la percepción del mundo que nos rodea. Por eso debía ser sometido y derrotado, como si de una amenaza se tratara.

Al día siguiente tenía que viajar a Viena para asistir a la novena Copa de Europa, que sin duda ganaría el F.C. Barcelona, como cada año. Masas de descontentos habían acampado en Canaletes anunciando que con el pitido final del partido proclamarían la independencia de Cataluña. Algo que no debía pasar, por supuesto.

Y por eso estaba allí, sentado en una sala de espera, mirando a través de un cristal el Estabilizador, el aparato que abría una puerta al Teseracto. Miguel Sañudo y Wolfram Von Richtoffen regresarían en breve por aquella abertura. Si los hados eran favorables, Di Stéfano estaría muerto y los Campos Baldíos habrían desaparecido. Dos pájaros de un tiro.

Pero en el interior del gusano las cosas no iban como se habían previsto. Las largas salas abovedadas que un día formaron el vientre del Teseracto se habían convertido en estrechas habitaciones de bastante menos de dos metros de alto. Cuando levantaba la mano para señalar alguna cosa, Miguel Sañudo se había golpeado en más de una ocasión los nudillos con el techo. Von Richtoffen, que era más alto, debía inclinarse para pasar por algunos tramos.

—Estoy seguro que ayer, cuando hice una prueba del funcionamiento del Estabilizador, estas habitaciones eran mucho más espaciosas —dijo Miguel, mirando en derredor, con el semblante rígido por una naciente inquietud.

—Fue entonces cuando encontró mi Pasaporte de la Legión Cóndor —comentó Wolfram, blandiendo unos documentos que llevaba en su mano derecha.

—Exacto. Junto a aquella columna. Por eso sé que usted, de alguna forma, está ligado al Teseracto.

—¿Pero cómo? —objetó el alemán.

—Eso es lo que tenemos que averiguar.

Pero no hubo tiempo para averiguaciones. El agujero de gusano mostraba ya una vista de la capital de Colombia: Bogotá. Estaban en mil novecientos cincuenta y dos y el equipo de la ciudad, Millonarios, se había convertido recientemente en bicampeón, el primer club en la historia de la liga en ganar dos campeonatos consecutivos. Alfredo Di Stéfano, cedido por River Plate en el marco de una liga argentina en crisis a causa de continuas huelgas, era la estrella de un equipo de estrellas. Se había proclamado máximo goleador del torneo en esas dos temporadas gloriosas, con treinta y un goles y diecinueve, respectivamente. Era el momento de abandonar Sudamérica y de dar el salto a Europa. Años atrás se había hablado del Torino italiano como su destino más probable, pero ahora todos apostaban por el F.C. Barcelona. Y eso era precisamente lo que Sañudo y Wolfram debían evitar a cualquier precio.

—Sal tú primero —le ordenó Miguel.

Wolfram dio un salto y contempló en la lejanía el estadio Nemesio Camacho, donde jugaba el equipo de Millonarios. Dio un paso alejándose de la abertura del gusano, por la que salía en ese momento su compañero.

—Repasemos el plan —dijo Wolfram—. Primero debemos buscar a Di Stéfano, que debería estar entrenando en...

—¿Has visto eso?

Miguel se había vuelto en dirección a la oquedad del Teseracto, que comenzaba a cerrarse.

—¿Ver el qué? —preguntó Wolfram, mirando en derredor.

—Regresemos al interior. ¡Rápido! —ladró Sañudo, poniéndose de cuclillas y penetrando en el gusano.

Wolfram, aún si saber la causa, se inclinó y regresó por la abertura. Casi reptaba, y se preguntó qué pensaría cualquier transeúnte que pasease a aquellas horas por los aledaños del estadio de "El Campín" (como era conocido popularmente) y viese a dos hombres vestidos con trajes oscuros, avanzando a rastras y desapareciendo en medio de ninguna parte.

—Justo cuando salía me pareció entrever que las paredes se encogían —decía en ese momento Miguel, asustado y tembloroso—. Fue como cuando percibes algo con el rabillo del ojo y tienes que volverte para estar seguro de que ha sucedido de verdad. Por eso teníamos que regresar. Wolfram no daba crédito a lo que veía. Las salas que atravesaban el Teseracto eran ahora de apenas medio metro de alto y en algunos tramos ni siquiera podía uno ponerse de rodillas. La sensación de claustrofobia era terrible.

Y entonces, de esas paredes disminuidas comenzaron a nacer imágenes que mostraban lugares, caras, habitaciones, paisajes...

El Teseracto poseía cierta inteligencia, aunque fuera elemental, y necesitaba que tomasen una dirección concreta, y lo antes posible, para evitar la desaparición de todo el universo.

—¿Qué es eso?

Miguel se había detenido en el primero de aquellos retazos de realidad que el gusano les exponía y señalaba al frente, a su izquierda.

—Es una comida de oficiales a las afueras de Berlín —dijo Wolfram, que había reconocido la escena.

—¿Una comida...? —Miguel no acabó la frase y miró a su interlocutor demandando una explicación.

—Yo era casi un crío —recordó Wolfram—. Cuántos tendría, ¿veinte años? ¿Diecinueve? Recuerdo que estaba a punto de licenciarme en la academia de cadetes de Gross-Lichterfelde. Mi primo Manfred me organizó una cena de despedida. Es un momento de mi vida que recuerdo con cariño. Había muchos amigos, y gente que luego sería importante en el Reich de Hitler.

Miguel meneó la cabeza. Un montón de teutones de uniforme reían y bailaban y bebían hasta caer

133

borrachos. ¿Por qué demonios el Teseracto quería que viajasen a aquel lugar? Un tipo barrigón vestido con uniforme de caballería tropezó con una silla y se abalanzó sobre el portal que había abierto el gusano. Uno de sus brazos quedó dentro y el resto de su cuerpo fuera. Pero estaba tan bebido que se incorporó, lanzó un juramento y se sumó de nuevo a la fiesta.

—Suerte que no pueden vernos hasta que salimos —dijo Miguel.

—Este tipo de tecnología no debería estar a disposición del ser humano. No está bien —repuso Wolfram.

En ocasiones, el propio Miguel pensaba lo mismo que su invitado. Pero alejando de su mente aquella idea perniciosa, dijo:

—Acaba de comentar que en la fiesta había hombres que luego fueron muy importantes.

—Sí.

—¿Recuerda sus nombres?

Wolfram se encogió de hombros.

—No sé. Hausser, Von Bülow, Busch... Goering estaba en la academia pero en los primeros cursos. Creo que nadie pensó en invitarlo.

A Miguel todos aquellos nombres no le decían nada. Conocía al gordo de Hermann Goering, por supuesto, la mano derecha de Hitler y su sucesor, pero no creía que conocer a un chico de no más de quince años fuera decisivo para descubrir el secreto de los Campos Baldíos, si es que era eso lo que pretendía mostrarles el gusano. Porque podría tratarse de cualquier otra cosa ya que no tenía ni idea de cómo razonaba el Teseracto.

—Y bueno —añadió de pronto Wolfram—, hubo algunos que murieron jóvenes o que no llegaron a asumir altos cargos junto al Führer, pero que luego la historia les ha recordado. Arquitectos famosos, algún artista, y hasta un físico que con el tiempo ha conseguido cierto renombre. ¿No es usted físico, Sañudo?

Miguel volvió a mirar a Von Richtoffen, esta vez con renovada intensidad.

—¿De qué físico me habla?

—Karl Schwarzschild era mayor que todos nosotros, pero mi primo lo invitó porque era un viejo amigo de la familia y... ¿Sucede algo?

El rostro de Miguel Sañudo había empalidecido en cuestión de segundos. Wolfram detuvo su explicación y le cogió de los hombros. Parecía en estado de shock.

—¿Se encuentra bien?

—Amigo mío, creo que acaba usted de encontrar la primera pieza de nuestro particular rompecabezas —dijo Miguel, como despertando de un sueño.

—¿De verdad?

—Oh, sí, créame. —Dominado por un súbito impulso, Miguel comenzó a desandar el camino, en dirección a la entrada del Teseracto—. Porque Schwarzschild es mucho más que un físico cualquiera.

Wolfram tuvo que apretar el paso para seguir el ritmo de su acompañante.

—Bueno, ya le dije que cobró cierta fama. Alguna vez leí algo sobre sus descubrimientos. Pero no es mi campo. No lo recuerdo bien.

—Pues debería recordarlo amigo Wolfram.

—¿Por qué?

—Porque Karl Schwarzschild, mientras trabajaba sobre las ecuaciones de la Relatividad de Einstein, planteó una solución que implicaba la existencia de túneles espacio-temporales. —La voz de Miguel Sañudo sonaba radiante, triunfal, cuando apostilló, a modo de conclusión:— Sí, amigo mío, Schwarzschild es el fundamento de mi trabajo. Él es el padre de los agujeros de gusano.

12

PSYCHOPOMPÓS
(3 de Julio de 1945)

DIARIO DE WOLFRAM VON RICHTOFFEN
(Fortaleza-Presidio de Bad Ischl)

De entre mis sueños me arrancaron lacerantes rayos de sol, centelleando sobre mi rostro como hormigas diabólicas que correteasen por mis pupilas. La luz, cegadora, inundaba mi celda de apenas doce metros cuadrados. Me tapé la cara con una mano convulsa y traté de recobrar la conciencia por completo. Vislumbré desde el infierno de la retentiva el feo rostro de Roderick y el recuerdo de su porra me devolvió al presente, a un dolor de cabeza terrible y a un zumbido en los oídos que bien podía ser secuela de la paliza o fruto de mi enfermedad. No tardé en comprender que, en mi estado, ese bruto bien podría haberme causado la muerte. Tal vez es lo que pretendía. Sacudí la cabeza y traté de incorporarme, pero todo empezó a darme vueltas, perdí pie y caí pesadamente sobre el lecho.

—¿Cuánto tiempo debo llevar inconsciente? —me pregunté, mientras intentaba distinguir lo que marcaban las manecillas de mi reloj de bolsillo, un Glashütte original de mil novecientos, una joya, una de las pocas pertenencias que mis carceleros me habían permitido conservar. Ya empezaba a caer la tarde, por lo que pensé que debían haber pasado al menos...

—En realidad, yo no me guiaría por la hora —dijo una voz a mi espalda, interrumpiendo mis razonamientos—, por que te dejaron aquí medio muerto hace ya día y medio.

Me volví, aunque no demasiado apresuradamente. Había reconocido el tono nasal, el acento de renania y el aire de suficiencia de mi interlocutor. Se trataba del Conductor de Almas, que estaba sentado frente a mí, su figura de pelo castaño, su bigote y su traje gastado, recortados en sombras.

—¿Casi dos días? —objeté—. No sé si creerte.

—Cree lo que quieras —me dijo, con aire de indiferencia.

—Ellos no hubieran permitido que me quedase aquí, medio muerto como tú dices, sin atención médica durante treinta y seis horas. Salvo ese Roderick el resto no son unos monstruos.

—Me parece que ahí fuera tienen ahora otros problemas en los que pensar. Han llegado a esta realidad los Campos Baldíos. Pero eso ya te lo explicaré en otro momento. Sólo debes saber que es un problema que les va a tener bastante ocupados. —Esbozó una sonrisa— De todas formas, han venido tus dos celadores un par de veces, pero te encontraron en tan mal estado que se han retirado de muy mal humor. Creo que querían interrogarte pero no tuvieron oportunidad.

—¿Una mujer venía con ellos?

—¿Una mujer? —El Conductor parecía pensativo y a la vez intrigado—. No, creo que no. Aunque ahora que lo dices me pareció que la segunda vez que vinieron una voz femenina les abroncaba desde el exterior. Intenté incorporarme de nuevo. Necesitaba ir al lavabo, que estaba al fondo de la estancia, detrás de una cortina mugrienta. El Conductor me cogió de un brazo y me precedió hasta el excusado, dónde torpemente corrí la cortina y me bajé tembloroso los pantalones mientras miraba cohibido hacia el otro extremo de mi calabozo. Cuatro paredes desconchadas, un catre individual, una mesa y una única silla. Ni siquiera una estantería o un par de buenos libros. Esos eran todos los lujos que merecía y necesitaba un hombre de mi condición.

—¿Te encuentras un poco mejor? —se interesó mi eventual compañero de presidio, que todavía aguardaba tras los cortinajes de paño.

—Por lo menos he aliviado mi vejiga —dije, y al cabo regresé al lecho, todavía titubeante, todavía necesitado de su ayuda.

—¿Hoy al menos me dirás cómo te llamas? —inquirí de pronto—. Estoy harto de llamarte por ese estúpido sobrenombre.

—¿Estúpido? —El Conductor parecía divertido—. Tú me llamaste así hace dos noches, cuando vine a buscarte. Podríamos decir que escogiste ese término. No sé la causa, pero no quisiste llamarme por mi nombre.

Mis ojos debieron transmitirle una viva curiosidad por el significado de sus palabras. Creo que él ya estaba acostumbrado a que olvidase las cosas, así que me contó brevemente que cuando había aparecido por primera vez parecía estar delirando por la enfermedad y comencé a llamarle Conductor de Almas, que viene del griego *psychopompós*, aquel que conduce a Psyche, la diosa que personifica el alma. Luego se perdió en explicaciones sobre la mitología y las estúpidas creencias de los hombres que, acaso por ser de cosecha propia, no entendí del todo bien.

—Yo ni siquiera había oído hablar del Conductor de Almas ni de la diosa Psyche, pero tú estabas muy hablador —añadió—. Creo que pensaste que yo había venido a llevarte al otro mundo.

Porque el Conductor de Almas era un personaje común a muchas religiones, en tanto que casi todas poseen el mito de un ser que ayuda al difunto a alcanzar el más allá. Unas veces se trata de espíritus, otras de querubines, o demonios, o santos varones, o entidades difíciles de clasificar y cuyo ámbito, poderes y descripción varía demasiado para que podamos formarnos una idea precisa de qué son y de dónde proceden. Durante su exposición, me di cuenta que el ser confundido con una entidad mística como el Conductor de Almas, le resultaba a mi interlocutor una burla grotesca y personal, casi como un sarcasmo que el destino hubiese pergeñado especialmente para su disfrute. Mi Conductor de Almas, no me cabía duda, no creía en el concepto de alma ni en espíritus o aparecidos que pudiesen conducirle a parte alguna. Él no creía en Dios, y acaso tampoco en los hombres: sólo en sí mismo.

—Por lo menos espero que no me confundieses con un ángel —concluyó.

Ya comenzaba a recordar. Había leído sobre todo aquello muchos años atrás, en la academia de cadetes de Gross-Lichterfelde. Supuse que mi enfermedad y el saberme al borde de la muerte habían hecho el resto. Pero, por Dios, mis estudios en la Academia... De eso hacía, ¿cuánto tiempo? Preferí no contar los años. Es como si hubiese pasado una eternidad desde entonces.

—Así que te confundí con una especie de cicerone que guía a los difuntos en su última hora. Pero tú no eres nada de eso.

—Claro que no.

—Porque tú eres...

—Vaya por Dios. ¡No recuerdas nada! —dijo mi interlocutor golpeándose los muslos con nerviosismo—. Habrá que empezar de nuevo por el principio.

—El principio estará bien, sí —reconocí.

—Me llamo Karl Schwarzschild. No sé si te acordarás de mí. Nos vimos alguna vez, hace muchos años. En alguna fiesta o reunión familiar. Yo conocía a tu padre.

—Ahora te recuerdo, aunque vagamente. No sé cómo no lo hice antes. Aunque estoy casi seguro que la última vez que te vi no tenías esa pinta.

Me refería, por supuesto, a los bultos y tumores que asomaban por sus manos. Dos de ellos, enormes, nacían de su cuello y de su mejilla derecha.

—Tampoco los tenía hace dos noches, cuando vine a buscarte —repuso, apesadumbrado—. Una enfermedad está acabando conmigo. Una enfermedad de la piel —se interrumpió—. Bueno, no es necesario que te deprima con mis desgracias. Las últimas semanas, días, horas han sido muy extraños para mí, como cuando aparecí en tu celda por primera vez.

Me di cuenta que quería cambiar de tema y acaso por ello me explicó entonces que todo había comenzado bastante mal en aquella ocasión, pues llegó a mi celda justo cuando Roderick la estaba inspeccionando y tuvo que morderle para evitar que lo atrapase. Luego, volvió a esconderse de nuevo en el agujero.

—El muy idiota pensó que eras tú el que lo había herido en la mano a pesar de estar al otro lado de la estancia —me explicó Karl, mientras con grandes aspavientos intentaba imitar los gestos coléricos del celador—. Ten cuidado con ese tipo: por encima de todo es un idiota, y un idiota de carcelero es aún peor que un mal hombre o que un sádico.

Asentí. Ahora lo entendía todo o, al menos, una pequeña parte de ese todo.

—Prosigue —dije entonces, animándole a concluir su relato.

Pero no había mucho más. Cuando Roderick se fue, Schwarzschild se dio cuenta que mi estado de salud no era demasiado bueno. Parecía débil, aletargado, tenía problemas de visión y vomité un par de veces en el excusado. Los síntomas de un tumor cerebral avanzado como el mío no son precisamente benignos. Aún así, me convenció para que le ayudase.

—¿Ayudarte a qué? —demandé, cada vez más desconcertado.

—A buscar mis diez minutos, claro —expuso mi interlocutor como si fuese la cosa más normal del mundo.

—¿Qué diez minutos? Recuerdo que los buscábamos, pero no acierto a recordar el porqué.

La respuesta del Conductor no me sirvió, empero, de gran cosa.

—Buscábamos los diez minutos que se han perdido, claro está. Si no damos con ellos, no tenemos ninguna esperanza; por eso debemos usar el agujero para encontrarlos, deshacer la paradoja y...

—Está bien, está bien —le interrumpí—. Es la segunda vez que me hablas de un agujero. ¿Es el mismo en el que dices que te escondiste de Roderick luego de morderle o es otro? Y de ser así, ¿dónde está?

Miré en derredor. Sólo había las mismas paredes desconchadas de siempre. Nada de agujeros. Cuando volví la vista hacia Karl, le descubrí arrodillado; estaba apartando la mesa. Sin aparente esfuerzo, levantó un juego entero de tablas de madera del enlosado. Me incliné y sentí una corriente de aire pestilente que me dio una bofetada en pleno rostro. Más abajo, se distinguía una oquedad cuyo final se enroscaba hacia la derecha, desapareciendo de mi línea de visión.

—¿Entonces todo esto es real? —pregunté de golpe, mirándole estupefacto— ¿El agujero, tú, toda esta historia increíble? ¿No la estoy soñando?

—Claro que es real —repuso con aire indignado mi interlocutor—. Intenta recordar. Ya estuviste ahí abajo conmigo. Te llevé de excursión aquella primera noche. Fuimos de vuelta a la Guarida del Lobo, un año atrás, en mil novecientos cuarenta y cuatro. Vimos el atentado de Stauffenberg contra Hitler. Pero allí no estaban mis diez minutos y volvimos con las manos vacías.

—¿Estuve en la Guarida del Lobo hace sólo unas horas? —Creo que lancé un alarido y me abalancé sobre mi interlocutor, cogiéndole de las solapas.

Ahora todo tenía sentido. Mi conversación con Elsie Douglas; el hecho de que recordase dos sucesos en una misma línea de tiempo. No estaba loco o, si lo estaba, era completamente, pues de ser así me hallaba en cuclillas hablando con una figura imaginaria, en una habitación vacía, de agujeros y viajes al pasado para revivir magnicidios en los que nunca estuve presente.

—Así es como pasó, puedes estar seguro —replicó el Conductor—. Nos costó, pero conseguimos saltar en la fecha exacta, en medio de un bosque próximo a Gierloz, una masa tupida de arboleda que rodea la Guarida del Lobo. ¿Recuerdas que Brandt perdió una pierna y tú te estuviste lamentando por ello todo el viaje de vuelta? Dijiste que era un buen hombre y que el desgraciado de Adolf Hitler tendría que haber caído en su lugar. Fue

143

claro, cuando te revelé que murió desangrado al día siguiente.

La cabeza me daba vueltas otra vez. Retrocedí y me senté en mi cama. Miré a Karl con una profunda tristeza, sabedor que casi sería mejor estar loco que cuerdo si lo que me contaba aquel hombre era cierto.

—Así pues, lo que tratas de decirme es que ese especie de pozo de debajo de mi celda es... —No pude concluir mi aserto. Era demasiado increíble para expresarlo frívolamente en voz alta.

—Una máquina del tiempo, sí —sentenció mi interlocutor, pero enseguida rectificó—. Aunque en propiedad se trata más bien un túnel en el espacio-tiempo, vaya, de un agujero de gusano.

13

JOSÉ ANTONIO PRIMO DE RIVERA
(1964)

Miguel Sañudo regresó por la abertura del Teseracto apenas media hora después de haber penetrado en su interior acompañado de Wolfram Von Richtoffen. En la Sala del Estabilizador, sin embargo, había pasado menos de un minuto. Lo que todos ignoraban es que durante ese tiempo sucedieron muchas cosas. El gusano había estado a punto de colapsarse, la paradoja avanzaba su espiral de destrucción, los Campos Baldíos ocupaban tres cuartas parte ya del planeta, las protecciones cronológicas se venían abajo, el horizonte de sucesos se ensanchaba hasta el infinito y la normalidad era la singularidad.

Una vez en su laboratorio, Sañudo saltó del Estabilizador y llamó a Vorbe Wusste, uno de sus ayudantes, que le llamó la atención porque se había cortado el pelo al cero. ¿Cómo podía aquel imbécil perder el tiempo cambiando su peinado en medio de un experimento?

—Tráeme un libro que trate de los estudios de Karl Schwarzschild, de su vida, cualquier cosa relacionada con ese hombre me vendrá bien. Ve a la biblioteca. Ah, y lo quiero ya.

El ayudante salió a la carrera. Wolfram llegó en ese momento a la plataforma del Estabilizador y contempló a un hombre emerger de la sala de espera. Se trataba de un caballero de sesenta años muy bien llevados, elegante, vestido a la última moda, con un aplomo y una seguridad abrumadores. Debía ser sin duda una figura relevante, alguien con responsabilidad en el gobierno de España. El problema era que le había reconocido. Era José Antonio Primo de Rivera, que había muerto fusilado hacia veinticinco años.

—¿Todo bien, caballeros? ¿Algún avance?

Sañudo pestañeó dos veces, perplejo. También le había reconocido. José Antonio había sido hasta su muerte el más grande ideólogo de la derecha española. Su trágico final había servido para que personajes de inferior talla lideraran a los rebeldes durante la guerra civil española. De haber seguido con vida, no sólo habría liderado su país sino probablemente hubiera sido el estadista más importante de su época.

—El Presidente de la Unión Europea les ha hecho una pregunta. ¿No le han oído?

Un hombre a su diestra, un secretario, o mejor, un secretario de un secretario, les miraba con arrogancia y desprecio.

—Sí, le hemos oído —tartamudeó Sañudo—. Es que... es que pensaba en cómo explicar a Su Excelencia lo que hemos descubierto.

Se hizo el silencio.

—¿Y bien? —dijo José Antonio.

—Creemos que ya conocemos quién es el causante de los Campos Baldíos —repuso Miguel—. Ahora hay que encontrarle y ver si... podemos dialogar con él.

—O eliminarle si eso no funciona —objetó José Antonio—. No hace falta que les haga entender la necesidad de frenar esa plaga que nos está destruyendo.

Sañudo asintió. El Teseracto se colapsaba sin remedio y cada realidad era más improbable que la anterior. El que Primo de Rivera siguiera vivo era ya difícil de creer. Durante la guerra civil los máximos responsables de los dos bandos lo querían muerto (unos porque le odiaban, otros porque le envidiaban y le temían). Pero que el resto de líderes europeos contemporáneos, entre ellos Hitler y Mussolini, hubieran permitido que José Antonio, pese a sus capacidades, presidiese una Unión Europea de tintes fascistas en plenos años sesenta... ¡Dios!, aquello sólo podía presagiar que les quedaba poco tiempo, al gusano apenas le quedaban realidades alternativas a las que escapar.

El ayudante de Sañudo llegó en ese momento. Vorbe Wusste le ofreció un par de pesados volúmenes, que Miguel consultó bajo la mirada atenta de Von Richtoffen, que no leía muy bien en español pero trataba de captar lo que se escondía entre las exclamaciones de satisfacción de su compañero.

—Fíjate en qué año murió el verdadero Karl Schwarzschild —dijo Miguel por fin—. Pero fíjate sobre todo cómo murió. Ah, eso lo explica todo.

Se volvió entonces hacia Primo de Rivera, que había permanecido de pie esperando alguna explicación ulterior.

—¿Y el asunto Di Stéfano?

José Antonio enarcó una ceja.

—¿El futbolista? Bueno, mañana es la final de la Copa de Europa y supongo que jugará, pero me parece que no es un tema que ahora deba preocuparle.

Miguel comprendió en ese mismo instante que a una Europa unida le traía sin cuidado cuántas Copas de Europa ganase el Barcelona. Era la primera vez, a decir verdad, que en aquella sucesión de posibles futuros nadie quería convencer a Di Stéfano que no fichase por el Barcelona o pretendía matarlo, para mayor seguridad.

—Es verdad, Presidente. Es una pregunta que no viene al caso.

Se dio la vuelta. Debía penetrar en el Estabilizador para iniciar un nuevo y definitivo viaje. Esta vez el objetivo no sería matar a Di Stéfano sino a un físico famoso que debería llevar medio siglo muerto. Y acaso también tendría que matar a otro Wolfram Von Richtoffen, uno que seguramente ocuparía el universo alternativo, la paradoja que había creado Schwarzschild y les estaba matando a todos.

—Este viaje lo voy a hacer solo, Wolfram —dijo, sonriendo a su compañero de desventuras—. Volveré pronto, no te preocupes.

Wolfram no parecía muy feliz de quedarse en una realidad que no era la misma de la que había partido. Miraba a ayudantes, secretarios y Presidente de la Unión Europea con gesto de desconfianza.

—¿Estás seguro?

—Completamente. Confía en mí, Wolfram. Pero antes debes dejarme tu arma —y añadió, en voz baja—: Tú ya no la necesitarás. Nadie quiere ver muerto a tu futbolista.

Un instante después comenzó la cuenta atrás del Estabilizador, que solía oscilar entre nueve minutos y medio y poco menos de once. Redondeando, unos diez minutos.

Cuando concluyó, Sañudo penetró de nuevo en el Teseracto, llevando en la mano el revólver Smith & Wesson's de Von Richtoffen. Muy a su pesar, estaba seguro que tendría que usarlo.

14

AGUJERO DE GUSANO
(3 de Julio de 1945)

DIARIO DE WOLFRAM VON RICHTOFFEN
(Fortaleza-Presidio de Bad Ischl)

Karl me mostró de nuevo la entrada al agujero pero me dijo que todavía no podíamos entrar. Comentó que el gusano necesitaba cargar de energía negativa la sección por donde accederíamos. En realidad, aquella entrada era una especie de agujero negro que conectaba dos dimensiones a través un horizonte de eventos. Creo que eso fue lo que dijo. También me habló de radiaciones fantasma, que yo supuse que era la que le estaba matando y causando tumores, aunque cuando se lo comenté me miró como si yo fuese un completo imbécil y darme más explicaciones fuese una completa pérdida de tiempo. Así que cerré la boca y nos quedamos esperando a que, según sus propias palabras, el gusano "se estabilizase".

La espera terminó por fin. La abertura se hizo más nítida y saltamos al interior de la cavidad subterránea.

En ese momento me di cuenta que no sabía nada de Schwarzschild. Ni quién había sido en ese pasado que yo recordaba apenas, ni quién era a día de hoy, ni qué pretendía conseguir si encontraba aquellos malditos diez minutos. A decir verdad, ni siquiera entendía cómo se podían perder diez minutos. Creo que detuve mi descenso, mientras reflexionaba.

—¿Pasa algo? —preguntó Karl un poco más adelante, en la penumbra. Vi cómo movía una linterna en mi dirección, como tratando de buscar mi rostro con su haz.

—La verdad es que sí.

Retrocedí un par de pasos hasta que pude asomarme de nuevo a mi celda. Allí estaban los doce metros cuadrados en los que había pasado los últimos meses y dónde tenía que de morir. Era un lugar infame, un encierro que padecía en silencio y que yo creía injusto, pero era territorio conocido. Habíamos perdido la guerra y yo sufría por ello. En mi cabeza, todo era razonable y presentaba una explicación que podía comprender, por arbitraria que me pareciese. Tal vez fuera preferible conservar la poca dignidad que me quedaba en lugar de arrastrarme por la oscuridad con un viajero del tiempo que probablemente era un demente o una quimera nacida de mi imaginación. Dios, yo había sido educado en unos valores militares estrictos, en la creencia de que es verdad lo que resulta tangible... aquella mixtificación me superaba por completo. En un instante de frustración, decidí olvidarme de Karl y sus diez minutos, regresar a mi calabozo y esperar a que la próxima paliza de Roderick me enviase de vuelta con mis antepasados. Pero no moví un músculo. De pie, con la cabeza sobresaliendo del enlosado y el tronco engullido en la voraz tiniebla, traté de poner en orden mis pensamientos. No era cosa fácil.

—Si confías en mí, muy pronto entenderás y dejarás de tener dudas —me susurró una voz desde más abajo en la oquedad—. Tú formas parte de esos diez minutos perdidos. Por eso te necesito. Déjame mostrártelo y luego decides si quieres regresar o te vienes conmigo.

Por todo comentario, masculló una imprecación y regresé al interior del pozo, descendiendo hasta encontrarme cara a cara con Karl.

—¿Qué puedo tener yo que ver con esos diez minutos?

—Todo, probablemente —me confesó mi interlocutor—. Si me sigues te enseñaré por qué vine a buscarte. Yo no te elegí, puedes estar seguro.

Decidí dejar mis dudas para más adelante y retomamos la marcha. En silencio, alcanzamos un túnel que se bifurcaba a derecha y a izquierda formando una especie de doble cúpula. Karl puso la mano y luego la frente sobre la pared que dividía ambas sendas. Sólo que no era una pared. Yo también la toqué y tuve la sensación de que era algo vivo, un amasijo muy compacto de carne y músculo, un amasijo que apestaba con un hedor a madera vieja, a raíces de plantas y a podredumbre, parecido al tufo que desprende una ciénaga o unas aguas estancadas.

—Por aquí.

Karl había señalado el camino a su derecha y ambos lo seguimos ralentizando nuestro paso, pues la altura de este nuevo sendero era bastante inferior al nudo principal, por lo que si al principio habíamos tenido que avanzar con la cabeza gacha, ahora por momentos teníamos que hacerlo a cuatro patas, como animales. Yo no comprendía como un agujero de gusano, o lo que fuera aquello, tenía más bien el aspecto de un túnel excavado a través de las alcantarillas por unos presos que trataran de fugarse. Todavía quedaban demasiadas preguntas sin respuesta, además el aire se hacía más pesado por momentos y me costaba respirar, tanto más hablar, por lo que decidí no abrir la boca por el momento. Pero mi acompañante desveló algunas de mis dudas, probablemente anticipando mi escepticismo y mi extrañeza por todo cuanto sucedía a mi alrededor.

—Estas galerías y todo cuanto ves ahora, es fruto, principalmente, de la fantasía y no existe propiamente — comenzó Karl, pero debió darse cuenta de inmediato que no había comenzado de la mejor manera si pretendía que yo entendiese aquel embrollo y se trabucó, corrigiendo su línea de razonamiento—. Bueno, no... no quería decir... Bueno no es que no sea real, sólo que nuestro cerebro lo interpreta así para salvaguardar nuestra cordura.

—Salvaguardar mi cordura no es algo que se me dé muy bien últimamente —le manifesté, sin tratar de ocultar mi sarcasmo.

El camino volvió a separarse en dos ramales, pero esta vez mi guía parecía avanzar seguro de sí mismo y apenas se detuvo más que para olisquear a su alrededor, como si se tratase de una fiera husmeando el rastro de su presa. Por doquier, suelos, paredes o en los arcos de las bóvedas que íbamos atravesando, goteaba una fina película de una substancia pardusca e inodora, que se pegaba a mis botas y que terminó haciéndome resbalar de costado, cayendo sobre mi brazo derecho y deslizándome al cabo blandamente sobre aquella pista cubierta de una mala imitación de fango, aunque fuese tan untuoso y desagradable como el original.

—Tal vez no me haya expresado bien —continuó Karl, alargándome un brazo para ayudarme—. Un agujero de gusano es como un caparazón de energía que envuelve las líneas temporales que atraviesa desde el día de su creación hasta el fin de los tiempos. El tránsito de una época a otra, de un lugar a otro, se realiza en una realidad física que supera nuestra percepción, pues aquí las nociones de largo, ancho o profundo, que conforman nuestro universo de tres dimensiones, no tienen mucho sentido. Por ello, el agujero, para nuestra cordura, construye a nuestro paso un modelo cognoscible para nuestra mente, una suerte de túnel, un meandro de posibilidades, una forma de ocultarnos cómo atravesamos las dos regiones que lo conforman y cuyo vislumbre superaría nuestra capacidad humana de comprensión. Porque aunque veamos una, en realidad atravesamos dos realidades, un agujero blanco y uno negro. El gusano tiende un puente entre ambos para que podamos alcanzar nuestro destino.

Me cogí de su mano derecha y me incorporé, cubierto de lodo.

—Hablas como si el agujero de gusano estuviera vivo y se preocupase por nuestra seguridad —le señalé, mientras meneaba una pierna intentando que aquella costra de légamo que no era légamo, dejase de adherirse a mi calzado.

Karl, delante de mí, chasqueó la lengua de forma audible.

—Me consta que, de alguna forma, está vivo. Puedo sentir cómo sufre y lucha a nuestro lado para que deshagamos el terrible error que alguien, en alguna parte, ha cometido perdiendo diez minutos en un universo dónde eso es imposible. Un científico español con el que estuve hablando recientemente sostiene que el agujero es un ser vivo, como nosotros, pero yo tengo mis dudas. Creo más bien, como te decía, que la mayor parte de lo que vemos es una proyección mental.

Lo cual era lo mismo que decir que en realidad no estaba seguro.

153

—Proyección o no, esto es una guarrada —me quejé, intentando quitando aquel lodo untuoso de las manos. Karl me dijo que eran residuos de espuma espacio-temporal, o eso pensaba. De nuevo, no lo tenía claro.

Nos detuvimos. Karl aplicó el oído a la pared de carne y asintió como si pudiese comunicarse con ella, con ello, con lo que fuese. Me dolía la nuca y la espalda de caminar encorvado y comenzaba a tener hambre, a sentirme cansado, a dejarme dominar por un mal augurio cuyos presagios me subían por la boca del estómago. Súbitamente, me arrepentí de no haberme quedado en mi habitación. Me consolé pensando que ya no podría regresar aunque quisiera, porque me sentía incapaz de hallar solo el camino de vuelta.

—Aquí es —dijo de pronto Karl, y un muro palpitante se convulsionó a mi derecha hasta abrirse en una suerte de hedionda oquedad que se me antojó extrañamente familiar. Comprendí entonces que debajo del suelo de mi celda no había pozo ni conducto subterráneo alguno, sino que, como había dicho Karl, aquella era la forma en que se mostraba el agujero a los ojos de sus moradores.

—¿A dónde vamos? ¿En qué año estamos? —pregunté, titubeante, al descubrir que más allá del orificio no se advertía signo alguno de claridad y parecía que fuésemos a salir de la penumbra para penetrar en otra forma aún más retorcida de bruma y de abandono.

—Sólo hemos ido unos pocos años atrás en el tiempo. Exactamente ocho —reveló Karl, mientras sonreía entre dientes—. Es el veintiséis de abril de mil novecientos treinta y siete. El día exacto en que todo se torció.

Era noche cerrada. El agujero de gusano nos había regurgitado en medio de ninguna parte, en una franja de tierra al borde de un desfiladero. Al fondo, se divisaba una línea de altozanos de diferente elevación, casi como si el monte bajo discurriese tortuoso formando intrincados laberintos naturales. El aire olía a limpio y a flores, también a guisos de legumbres, a cazuelas humeantes de gente humilde. A mi espalda, pendiente abajo, pude divisar estrechas hileras de casas bajas, muy apretadas, dejándose caer en un repecho pronunciado hacia la falda de la ladera.

—A primera vista, no parece un lugar peligroso — dije, sin mucha convicción—. ¿Dónde estamos?

Karl aspiró hondo, como si quisiese volver a llenar del todo sus pulmones luego de la travesía por el agujero de gusano.

—Estamos en Asturias, en un pueblecito de montaña llamado Tudela-Veguín. Nuestro destino queda un poco más allá, un lugar llamado La Presa.

—Asturias has dicho. Eso es España, ¿no?

—Tú deberías saberlo mejor que yo —repuso, enigmático.

No sabía a qué se refería. No había estado en aquel lugar en toda mi vida.

—¿Qué fue Karl Schwarzschild después de la primera guerra mundial? No volvía a saber de ti desde entonces —inquirí, intentando sonsacarle algo de información sobre sí mismo.

—Estamos aún en la Gran Guerra, ¿no lo sabías? —me comentó, torciendo el gesto, como si no quisiese hablar de todo aquello—. ¿No te ha dado cuenta que tengo casi la misma edad que cuando me viste por última vez, casi treinta años en tu pasado? Porque para mí no ha pasado el tiempo. Apenas unos meses en los que he buscado afanosamente esos diez minutos. Cada vez que decía "diez minutos" se me ponía la piel de gallina. Aquellas dos sencillas palabras sonaban en sus labios como la premonición ominosa del fin del mundo.

—¿Qué has hecho pues en estos últimos meses? —pregunté, tratando de averiguar alguna cosa más—. ¿Buscabas tan sólo esos diez minutos? ¿No tienes familia, hijos?

—Mi familia no sobrevivirá si no pongo fin a la paradoja. No he vuelto a casa. No he vuelto a mi unidad en el frente. He desaparecido para el mundo desde el año mil novecientos dieciséis —dijo, aparentando naturalidad, pero yo observé que apretaba los dientes—. Pero todo eso es agua pasada, será mejor que sigamos camino, ¿no te parece, Wolfram?

Karl me precedió en el descenso hacia el pueblo. Mis ojos ya se habían acostumbrado a aquel nuevo entorno y comenzaban a distinguir nuevos detalles en el paisaje, frondoso, casi salvaje. Me volví un instante antes de seguirle. De no haber tenido una misión que cumplir, hubiese disfrutado de ese instante de libertad, de aquella hermosa noche en un lugar de ensueño. Conmovido, me entretuve divagando sobre lo fácil que me resultaría dejar que mi alma alcanzase su final en un lugar como aquel.

—Si todo esto es una alucinación fruto de mi enfermedad —dije, casi en un susurro—, por una vez me alegro de que ese tumor cerebral me esté comiendo la razón. Ojalá muera un día en un lugar como éste —añadí, esta vez dirigiéndome a mi compañero de viaje.

—No es aquí donde has de morir, no te preocupes —me reveló Karl—. Pero, ¿sabes? La muerte no es algo poético ni se presta a grandilocuencias o a fatuas

156

representaciones, como llevan siglos fantaseando escritores y dramaturgos. Es sólo la muerte. He visto perecer a demasiada gente como para pensar de otra forma. Tú eres un caballero de los cielos, Wolfram, un soldado que tenía el privilegio de asesinar a centenares sin apenas despeinarse, desde la carlinga de tu avión, haciendo piruetas y acrobacias luego de soltar tu carga infernal de bombas. Yo no he tenido tanta suerte y tuve que ver los cadáveres apretujarse en medio de la calle, devorados por los Campos Baldíos. En ese momento, la poesía abandonó mi corazón.

—¿Qué es eso de los Campos Baldíos? Ya antes los has nombrado cuando te has referido a lo que pasa en el presidio de Bad Ischl. Pero no me explicaste nada más.

—Hay poco que explicar. Si la paradoja se vuelve insostenible, el horizonte cronológico se estrecha, la curva temporal no puede completar si circuito, y regiones enteras de la realidad desaparecen mientras el continuo espacio-tiempo intenta cerrar la brecha.

Enarqué una ceja. Aquella explicación me dejaba aún más en la ignorancia que antes. Karl debió intuir que no había entendido ni media palabra, así que añadió:

—Si no ponemos fin a la paradoja el universo del año mil novecientos cuarenta y cinco que conoces desaparecerá. Ya se ha esfumado medio mundo y me temo que en torno al presidio nada existe ya, es una isla en medio de la nada. Pronto todos sus habitantes dejarán de existir.

No tuve fuerzas para preguntar nada más porque lo que me revelaba, sencillamente, superaba todo lo que estaba dispuesto a creer. Al menos de momento. Preguntándome de nuevo si no estaría en compañía de un demente, seguí a Schwarzschild por un dédalo de callejuelas que parecía conocer como la palma de su mano. Esquivando a los pocos paisanos que se

157

aventuraban por el pueblo a aquellas horas de la noche, desembocamos en la fachada de una iglesia, dónde me santigüé y pude observar el gesto de desprecio de mi guía. Más allá, torcimos por una calleja, que serpenteaba formando casi un semicírculo, y tomamos el camino de la derecha, hasta salir de los límites del pueblo. Karl aguardó un instante tras el grueso tronco de un castaño y me indicó que hiciese lo propio. Al cabo retomamos nuestra excursión acelerando el paso.

—A veces, los milicianos patrullan por esta zona —me explicó—. Siempre es mejor no tener tropiezos con hombres armados.

Asentí, mientras me imaginaba cómo les explicaríamos que éramos una pareja formada por un nazi convicto del futuro y un viajero del tiempo del pasado, que trataban de hallar diez minutos perdidos que estaban destruyendo el universo. Habría sido una conversación de lo más instructiva.

—Ya estamos cerca —me indicó Karl de pronto—. Quiero que me hagas un favor. Me di cuenta en tu habitación que tienes un cronógrafo de precisión. Me gustaría que lo tuvieses a mano por si más adelante nos fuera necesario para cierto experimento.

—Claro, claro... —convine, mientras sacaba mi reloj Glashütte del bolsillo y lo sopesaba pensativo. Lo volví a guardar cuando Karl asintió luego de descubrirlo en la palma de mi mano.

Un lugareño caminaba por una vereda, a poco menos de cincuenta metros. Había dos vacas con él, a las que parecían guiar provisto de una vara.

—Agáchate —dijo, poniéndose en cuclillas para que el pastor no le descubriera—. Ya estamos muy cerca.

No pareció vernos y, luego que pasamos un primer grupo de casas, torciendo a la derecha y luego de nuevo a la derecha, alcanzamos nuestro destino: se trataba de una población más pequeña, de apenas unas pocas viviendas aisladas: La Presa. Atravesamos veloces aquel último obstáculo y nos detuvimos a recuperar el resuello. Algo más allá, había dos casas adosadas en sombras. Ambos portales parecían simas umbrías que pudieran albergar monstruos. Karl se detuvo, miró a derecha e izquierda, aprensivo. Yo también notaba el peligro.

—Algo va mal. Tal vez...

No terminó la frase. Se oyó un chasquido, un repiqueteo a mi espalda y luego un silbido que se va apagando. Miré tras de mí y pude distinguir una pared de ladrillo de la que se desgajaba un pedazo de adobe.

—¿Qué ha pasado?

Karl retrocedió hasta pegarse al muro. Tenía la mano izquierda aferrada al antebrazo derecho.

—¿No te lo imaginas? —me susurró, muy nervioso.

No respondí. No hacía falta. Alguien se encontraba en el umbral de la puerta cuando habíamos llegado y al oírnos había disparado un arma con silenciador. Se oyó otra vez aquel chasquido que ahora sabíamos que era el sonido amortiguado de una bala Aterrorizados, nos encorvamos lentamente hasta quedar decúbito prono. No existía nada en el universo aparte de nuestras respiraciones. Aguardamos. Pasó un minuto que podría haber durado una hora.

—¿Estás herido? —Finalmente, me había armado de valor e inclinado sobre él; le estaba hablando al oído, temeroso de que pudieran descubrirnos.

—Sólo un rasguño; al menos eso espero.

Se oyeron pasos. El agresor había entrado en la vivienda, o tal vez era lo que quería que pensásemos. Karl apartó la mano de su antebrazo y descubrió un hilo de sangre que le corría entre los dedos. Un examen superficial de la parte inferior de su hombro confirmó que era sólo un arañazo.

—Es curioso... —comenté, sintiendo que me castañeteaban los dientes— que tengamos miedo, precisamente nosotros dos. Yo soy un pobre moribundo y tú, por lo que me has dicho, estás muerto para el mundo. Todos piensan que desapareciste hace tiempo, ¿no es verdad?

—Cierto. Una reflexión excelente —me indicó Karl, con cara de pocos amigos—. Lástima que no nos sirva de nada en este preciso momento.

Dentro se oyó una segunda detonación amortiguada. El asesino había vuelto a disparar su arma. La bala pasó cerca de nuestras cabezas, que agachamos instintivamente.

—Me parece que es el momento de actuar y descubrir hasta qué punto la muerte nos quiere en su regazo, querido Wolfram.

Entonces, Karl se puso en pie y atravesó a toda prisa el portal de aquella casa, desafiando el peligro, y sabiendo que a su lado le seguía titubeante un antiguo Mariscal del Aire del Reich: un hombre abatido, enfermo, hastiado de todo y de todos pero, fundamentalmente, boquiabierto como un niño ante la contemplación de sus primeros fuegos artificiales.

Todo cuanto me sucedía aquella noche traspasaba todas las fronteras de la razón humana. Pero a la vez, era arrebatador y maravilloso. Tal vez caminaba al encuentro de la negra parca pero, paradójicamente, volvía a sentirme vivo.

—¡Schwarzschild! ¡Tienes que morir para deshacer la paradoja! —gritó una voz en la lejanía. Hablaba en español.

Otro disparo. Echamos a correr por una sala vasta y silenciosa. Nos detuvimos junto a una pared cubierta de paneles de cristal, que tanteamos a ciegas, buscando alguna referencia que nos ubicara espacialmente. Karl, que conocía el lugar, me condujo hacia la penumbra, saltando sobre cajas de cartón, suciedad y desperdicios. A mis pies, una forma peluda se alejó lanzando pequeños chillidos. Había pisado una rata.

—¡Tienes que morir! —repitió una voz, esta vez mucho más cerca.

Me volví, aterrado y vi a un hombre que me apuntaba, apenas a dos metros de distancia. Le temblaba la mano. No me pareció un buen tirador.

—Había pensado hablar contigo y explicarte que has creado una paradoja que está destruyendo mi universo.... y que por tanto debes morir —dijo el asesino, de nuevo en español, avanzando de entre la sombras—, pero me di cuenta que no lo entenderías. Nadie quiere morir. Nadie...

Y entonces pude ver a mi enemigo. Era un hombre de mediana edad, ojos acuosos y algunos kilos de más. Tenía el aspecto de alguien bonachón, como ese tío del pueblo que todos tenemos y no visitamos tanto como querríamos. No parecía un asesino. Yo entonces no lo sabía, pero se trataba de Miguel Sañudo.

—¡Tú no eres Schwarzschild! —dijo entonces Miguel, revolviéndose airado.

Demasiado tarde. Karl se había arrastrado sigilosamente mientras nuestro adversario me encañonaba y se había colocado a su espalda con un tablón de madera en la mano. Se oyó golpe sordo y un cuerpo cayó al suelo. Contemplé a Sañudo sobre los listones de madera, mientras a su alrededor un charco de sangre se formaba tan rápido que comenzaba a ocultar su rostro.

Pensé que estaba muerto.

15

JUAN NEGRÍN

(1964)

El comandante Negrín, secretario general de la Unión de Repúblicas Socialistas Españolas, besó a Wolfram en ambas mejillas.

—Sañudo no regresa, camarada Von Richtoffen.

Wolfram entrechocó los talones, como cuando estaba en el ejército alemán. De eso hacía una eternidad, porque ya hacía dos décadas al menos que se había afiliado al GPM, el Gran Partido Marxista, como la práctica totalidad de alemanes y de europeos tras el triunfo de Rusia en la guerra civil española y la segunda guerra mundial. Wolfram, más tarde, había vivido una existencia gris como instructor de cazas hasta que fue llamado para aquella misión suicida. Pero era un sacrificio que haría de buen grado por la patria común y la internacional comunista.

—Ha debido caer en combate, camarada secretario general. Sañudo era un patriota.

Todos apretaron los puños, desesperados, desde miembros del Politburó a altos mandos del ejército. La Sala de Adecuación Transtemporal estaba atestada de personajes relevantes de todo el orbe. No en vano los Campos Baldíos ocupaban ya más del ochenta por ciento

163

de la superficie terrestre y no había un país que no esperase el resultado de aquella misión.

—La tierra se muere, Von Richtoffen. El Teseracto no acepta en su seno más que a usted y a Sañudo. Lo hemos probado todo y nadie puede viajar al pasado en su lugar.

—Yo concluiré lo que comenzó el camarada Sañudo y mataré a Schwarzschild. Terminaré con la paradoja y salvaré a la madre patria —sentenció Wolfram y se abrazó a Negrín, que le besó de nuevo en ambas mejillas.

Ambos comenzaron a llorar emocionados.

—Cariño...

Pilar avanzaba de entre la fila de invitados. Vestía un precioso traje Mao de color caqui con doble hilera de botones, como todas las mujeres españolas. Estaba preciosa.

—Vuelve pronto, mi héroe.

Y pensó en familia, muerta en el infame bombardeo de Guernika. Todos ellos, al igual que el resto de los habitantes del pueblo que fallecieron aquel día, habían sido nombrados póstumamente Héroes de la Patria Socialista Española.

Todo un coro de voces comenzó entonces a gritar: "héroe de la madre patria". Wolfram siguió oyendo aquel cántico mientras ascendía a la Plataforma de Conexión Cuántica. Penetró en la pequeña sala acristalada y vio cómo se cerraba la cubierta. Saludó con la mano a aquella multitud que seguía coreando su condición de héroe y se sentó a esperar.

—Soy un héroe —dijo Wolfram, como dándose ánimos mientras aferraba su pistola Tokarev.

Aguardó concentrado durante la cuenta atrás de diez minutos, pegado a la abertura del gusano, que no tardaría en mostrarle sus entrañas. Sólo una vez le interrumpieron durante el proceso. Fue precisamente el camarada secretario general.

—Sólo quería recordarle... —dijo Negrín, desde una sala anexa, privada, pulsando un intercomunicador de cuya existencia casi nadie sabía—. Bien, ya sabe, aquello que hablamos. No quiero que la república socialista catalana escape a mi control y me gustaría que se solucionase ese asunto particular nuestro, el del futbolista.

—No se preocupe, camarada. Lo recuerdo bien. Si consigo matar a Schwarzschild y salvar la paradoja, antes de regresar... —Wolfram carraspeó—. Antes de regresar convenceré a Di Stéfano para que no fiche por el Barcelona.

—Y si eso no fuera posible... —objetó Negrín.

Wolfram acarició el cañón de su Tokarev.

—Le convenceré, camarada, por todos los medios a mi alcance.

16

UNIVERSOS QUE CHOCAN
(26 de Abril de 1937)

DIARIO DE WOLFRAM VON RICHTOFFEN
(Pueblo de La Presa, Asturias)

Karl había matado a Miguel Sañudo. "Por segunda vez", me explicó, observando con tristeza aquel cuerpo sin vida que derramaba linfa por el suelo de madera. Todavía con su pistola en la mano, me dijo que era el científico del que me había hablado, el otro que había abierto un agujero de gusano, aunque él lo consideraba un ser vivo, con inteligencia propia, y lo llamaba Teseracto.

—La primera vez que lo vi lo maté por error —añadió Karl—. Me sentí culpable. La segunda vez que hablé con él, aunque la mayor parte fuera por señas, me di cuenta que era una buena persona, que sólo pretendía salvar al mundo. Creo que en el fondo nos parecemos.

Meneé la cabeza, confundido.

—¿Has dicho que lo mataste cuando lo conociste? ¿Y que la segunda vez hablasteis tranquilamente? ¿He oído bien?

—Sí, y ésta es la tercera vez que nos encontramos. Y sin duda habrá una cuarta, y una quinta... hasta que su Teseracto y mi gusano aguanten. Su universo se ha colapsado ya a causa de la paradoja y repite una y otra vez su ciclo final de destrucción. Volverá en breve desde su mundo porque él piensa que yo soy la causa de la paradoja. —En el rostro de Karl se dibujó una mueca de cansancio—. En el universo del que procede este Sañudo, la realidad trata de protegerse a sí misma, como en el nuestro. Muchos expertos teorizaron que las leyes de la física no podrían permitir los viajes en el tiempo, que la historia se protegería, trataría de buscar salidas consistentes a la inconsistencia de la paradoja. Pero creo que pocos imaginaron que la respuesta del tiempo sería la repetición infinita del mismo bucle, buscando alternativas, hasta que la curva pueda cerrarse, hasta que lo sucedido sea coherente.

—¿Y si no es así? —inquirí, intentando hallar una luz al final de aquel túnel de conjeturas.

—Entonces todo se desmorona, la realidad pierde la consistencia de la que te hablaba, aparecen lugares vacíos de existencia como los Campos Baldíos y el espacio-tiempo busca posibilidades ˙ cada vez más remotas para intentar ajustar la desviación que hemos creado.

—¿Pero qué creó esa desviación? ¿Dónde nació la paradoja de la que hablas?

Schwarzschild suspiró.

—Eso hemos venido a averiguar. Sañudo cree que nosotros somos la paradoja. Yo pensaba, acaso por vanidad, que nuestro mundo es el real y el suyo la desviación. Pero en el nuestro han comenzado a surgir

168

también Campos Baldíos, ¿recuerdas lo que te pasó en Bad Ischl? Tal vez la explicación no sea tan sencilla y los dos estemos equivocados. Hace unas horas, mientras contemplaba el cielo, ahí afuera, se me ocurrió una tercera posibilidad. Para eso hemos venido. Hoy sabremos de verdad lo que ha causado esta paradoja.

—¿De verdad crees que lo conseguirás? —razoné, pues comenzaba a pensar que aquel asunto nos venía demasiado grande.

—Ojalá —dijo Karl, que se encaminaba resueltamente hacia una escalera de madera que se enroscaba hacia el piso superior.

—¿Dónde vamos ahora? —pregunté entonces.

—En el piso superior hay una puerta que da a ladera de la montaña. Nada más salir encontraremos una vieja alberca. Allí se hallan las respuestas que necesitamos.

Alcancé a mi interlocutor en el rellano. Ambos miramos en derredor. Hacia arriba sólo podían verse dos hileras de escalones polvorientos. Un pasillo largo y estrecho se abría a nuestra derecha.

—¿Dónde está el camarada Sañudo? —dijo un hombre aparecido de la nada al final del pasillo.

Me tiré al suelo. Por un instante había distinguido la borrosa figura de este nuevo asesino, con el brazo derecho estirado y un trozo de metal refulgente en la mano derecha.

—¿Wolfram? ¿Eres tú? ¿Eres yo? —dijo una voz temblorosa.

Levanté la vista. Un hombre maduro, de porte marcial, me observaba con los ojos desorbitados por un asombro infinito. El pelo comenzaba a teñirse de gris en sus sienes, y acaso había ganado cinco o seis kilos. Podría haber sido mi padre. Podría haberlo sido, por supuesto, pero no lo era.

169

—¿Wolfram Von Richtoffen? —repuse.

—Sí, soy yo —reconoció el hombre.

¡Malditos agujeros de gusano!, pensé. Pero Karl, a mi lado, curvó los labios en una sonrisa de genuina satisfacción.

—Bien, bien —dijo, batiendo palmas como un niño—. Las cosas comienzan a ponerse interesantes.

LIBRO TERCERO:

EL FIN DE LAS PARADOJAS

17

CAMARADA RICHTOFFEN

(1953)

Wolfram estaba en Barcelona, dispuesto a cumplir con la misión que se le había encomendado: evitar a toda costa que Di Stéfano fichase por el club catalán o matarlo si esto no era posible. Pero había leído un periódico deportivo aquella mañana y se decía que el contrato ya se había firmado. Llegaba demasiado tarde. Tarde para evitar que fichase. Pero a tiempo para matarlo. Y estaba dispuesto. Tanto que, de pie, junto a una farola se preguntó si debía matar también a Kubala. El jugador húngaro era la estrella del Barcelona y para muchos el mejor jugador del mundo. Nadie podía intuir en aquel mayo del mil novecientos cincuenta y tres que en menos de dos años el mundo reconocería a Di Stéfano como el máximo exponente del deporte rey. No. Ahora mismo, el argentino era un buen jugador, acaso un gran jugador en ciernes, pero nadie imaginaba hasta dónde podía llegar.

Sólo lo sabía el camarada Richtoffen, que tenía que entrar en la casa de Ladislao Kubala y matar al gran Alfredo antes de que se hiciese lo bastante grande para poner en jaque el destino de la Unión de Repúblicas

173

Socialistas Españolas. Di Stéfano, recién llegado a la Ciudad Condal, pasaba mucho tiempo en aquella casa, y el CSEE (Comité para la Seguridad del Estado Español, un trasunto de KGB) la había elegido como el lugar más adecuado para el atentado en caso de que fuera necesario. El Hotel Regina, donde pernoctaba Di Stéfano, les había parecido un lugar demasiado concurrido y vigilado, donde el azar campaba a sus anchas y cualquier pequeña desviación imprevisible podía echar al traste todos sus planes.

Y por eso, plantado en la acera delante de la vivienda de la familia Kubala, se preguntó de nuevo el camarada Richtoffen si debía matar también al propietario de la casa, eliminando de un plumazo a los dos jugadores que habían hecho historia en el Barcelona de su tiempo.

Así, mataría a dos pájaros de un tiro, pensó, *aunque propiamente serán dos tiros. Uno para cada uno.*

Tal vez habría sonreído si no se hubiese sentido tan mal, si no le revolviese las tripas tener que cometer aquel crimen, aún en nombre de su patria, de su deber, de lo que fuera. Richtoffen no era un asesino. Al menos no el tipo de sicario sin escrúpulos que mata a dos hombres porque le dan bien a un balón de fútbol.

—¡Dios, qué difícil es esto!

Miró hacia arriba, en dirección al segundo piso, y pudo distinguir tras las cortinas de una ventana la sombra de dos hombres que conversaban con una copa en la mano. Esas debían ser sus dos víctimas, tomándose un trago sin saber que bien podía ser el último.

Comenzó a llover, unas gotas de agua, calientes, muy finas, mojaron su gabardina de piel. El tiempo pasaba y su gabardina quedó empapada.

Media hora más tarde, Wolfram se dio la vuelta y regresó al gusano. Ya tendría tiempo de acabar con aquel trabajo luego de encontrar al camarada Sañudo y matar a Karl Schwarzschild. Sí, comenzaría asesinando a aquel hombre cuyos actos estaban poniendo en peligro al mundo entero. ¡Los Campos Baldíos habían acabado con la vida de centenares de miles de personas por todo el planeta! Eso sin contar con las personas sin hogar, muertas de hambre, que se hacinaban en un planeta cada día más disminuido. Sí, matar a aquel científico sería cosa fácil. Un acto de justicia. Cuando lo hubiera hecho, tal vez encontrara las fuerzas para atacar a Kubala y a Di Stéfano, cumpliendo así con la palabra dada al Secretario General Negrín.

Pero, una vez más, los planes se torcieron. Cuando el Teseracto le llevó al pueblo de La Presa y apuntó con su Tokarev al objetivo, no se encontró, como esperaba, a un científico alemán enloquecido, que había provocado una terrible paradoja que iba a destruir al universo entero.

Lo que se encontró fue a un Wolfram Richtoffen más joven, de unos cincuenta años, que le miraba boquiabierto.

Los mecanismos secretos de la fatalidad seguían su rumbo camino de algún lugar que sólo ellos conocían.

18

ASESINATO Y SUICIDIO
(26 de Abril de 1937)

DIARIO DE WOLFRAM VON RICHTOFFEN
(Pueblo de La Presa, Asturias)

Mi otro yo era tal vez quince o dieciséis años mayor. No caminaba encorvado ni le temblaba la voz, por supuesto, pero ya no era un muchacho, ni siquiera un hombre maduro, Le note cansado, como si hubiese visto ya lo suficiente en este mundo. Supongo que la vejez es una condición del alma antes incluso que una realidad física y contrastable. Yo también estaba viejo, cansado y enfermo, así que entendía que una versión ajada de mí mismo estuviese harto de este viaje infernal llamado existencia.

—¿Quién eres tú? —me dijo en alemán, aunque ya sabía la respuesta. Llevaba una pistola que temblaba en su mano como si fuese una hoja a merced del viento.

—Soy otro Wolfram Von Richtoffen. En esta aventura todos somos otro. ¿No lo sabías?

—Bueno, caballeros, no se pongan nerviosos —terció Karl, que parecía feliz de aquel encuentro entre hermanos que no lo era en absoluto—. Esta situación nos brinda una oportunidad de oro para...

Wolfram del futuro movió el cañón de su arma en dirección a Schwarzschild.

—¿Tú eres el científico que ha creado esta paradoja?

Karl dio un paso atrás.

—No, no, puedes creerme. El asunto no es tan sencillo como piensas.

Una voz se elevó entonces a nuestra espalda. También hablaba en alemán, aunque con un levísimo acento.

—Sí lo es. Hemos venido a matarte y eso es precisamente lo que vamos a hacer.

Me volví. Miguel Sañudo se tambaleaba, con la mano en la cabeza. El golpe que le había propinado Karl con el tablón, le había arrancado el lóbulo de la oreja y parte del cuero cabelludo de la sien. Había sangrado mucho porque es una zona donde la linfa mana escandalosa. Pero en esencia sus heridas eran poco menos que superficiales.

—Ya os he dicho que el asunto no es tan sencillo —aseveró Karl, que viendo que Sañudo tenía también un arma en la mano, estaba más colaborador que de costumbre—. Hay variantes que ninguno hemos tenido en cuenta hasta ahora.

—¿Qué variantes? —objetó Miguel—. Wolfram y yo hemos venido del futuro con una misión muy clara y a menos que tu explicación sea francamente reveladora me parece que no voy a estar interesado en escucharla demasiado rato.

Con Wolfram, se refería, como es obvio, al Wolfram del futuro, que en este punto hizo algo realmente inesperado. Sonriendo, se acercó a su compañero y le desarmó con un golpe sobre la empuñadura del arma, que cayó al suelo con estrépito. Acto seguido colocó el cañón de su revólver apuntando al pecho de Miguel Sañudo.

—Tengo una objeción —dijo Wolfram del futuro—. ¿Tú quién demonios eres? Y, sobre todo, ¿dónde está el camarada Sañudo?

El problema esencial de los viajes en el tiempo es que uno no se enfrenta a una paradoja sino a un millón de ellas. Todo puede ser diferente, o divergir ligeramente, en cuestión de un segundo. En particular, ahora nos ocupa un asunto que tardamos casi media hora de conversación en dilucidar. Miguel tuvo que dar explicaciones, Karl dio las suyas, yo me abstuve de opinar salvo un par de veces y creo que para quejarme de aquel absurdo; mientras, Wolfram del futuro no se creía nada y nos apuntaba a todos de forma arbitraria según íbamos hablando o callando.

Yo acabé perdiendo la paciencia y sentándome en el suelo con la espalda contra la pared, mientras todos discutían. Al final, sin embargo, todos entendimos lo que estaba sucediendo:

Wolfram del futuro y Miguel Sañudo habían salido de una España republicana y socialista para solventar la paradoja y acabar con los Campos Baldíos. Al volver de la primera parte de su investigación, habían decidido que el responsable era el bueno de Karl Schwarzschild, aunque regresaron para investigar sobre el asunto. Pero el mundo de donde venían había cambiado y ahora José Antonio Primo de Rivera gobernaba una Europa liberal de derechas. Sañudo, luego de concretar sus sospechas contra Karl, había marchado solo a ejecutarle, pero entretanto la realidad de su tiempo había vuelto a cambiar, convirtiéndose España en una dictadura comunista del proletariado. Sañudo recordaba las dos primeras Españas, de la que se fue la vez primera y de la que partió luego. Wolfram del futuro sólo recordaba su España comunista y sabía que aquel no era su compañero de viaje por que Miguel no sabía ni una palabra de alemán y éste Sañudo lo hablaba con una fluidez extraordinaria. Por eso Wolfram había creído que se trataba de un impostor.

—Estudié en Munich mi doctorado —dijo Miguel, como excusándose.

Wolfram del futuro le apuntó con su arma y luego la bajó, como si aquello fuese demasiado para él.

—Pero todo eso que explicáis no tiene sentido – rezongó entonces Karl, al que lo importaban poco los conocimientos de alemán de su interlocutor e incluso, a aquellas alturas, quién y por qué pretendía matarle. Lo que le preocupaba era el rumbo que tomaba aquella historia.

—¿El qué no tiene sentido? —inquirió Sañudo.

—Todo. ¿Por qué cada vez que regresáis por el portal del gusano vuestra realidad ha cambiado?

—Yo pensé —adujo Sañudo, pensativo—, que cuando los Campos Baldíos destruyen el universo, el Teseracto se colapsa y regresamos al punto de partida.

—¿Con vosotros dentro del gusano? ¿Y no os pasa nada? —Karl se movía nervioso por el salón del segundo piso que ahora ocupábamos— Además, como bien dices, deberíais regresar en todo caso al punto de partida, a la misma realidad. ¿Qué provoca un cambio tan esencial en vuestro universo? ¿Cómo cambia? ¿Y por qué no cambia el mío y el de Wolfram?

Esta vez, con Wolfram se refería a mí. Yo levanté la mano, como un niño en clase cuando dicen su nombre al pasar lista. Wolfram del futuro esbozó una sonrisa.

—Vamos a ver —comenzó Sañudo—, el Teseracto es una entidad viva con una inteligencia básica que nos conduce por...

—¡No! —exclamó Karl— El gusano es una proyección mental con la que se nos representa una realidad física incomprensible e inasumible para nosotros.

—¿De qué demonios hablas?

Miguel Sañudo y Karl Schwarzschild comenzaron una agria discusión acerca de lo que demonios era el vehículo, proyección, máquina del tiempo o entidad viva que nos había llevado hasta allí. Yo comenzaba a sospechar que si ni siquiera entendíamos qué era el gusano, difícilmente entenderíamos la paradoja que estaba destruyendo el universo, o ambos universos, uno por gusano, pues empezaba a temer que no fueran el mismo.

—¿Te apetece dar una vuelta? —me dijo entonces Wolfram del futuro, que tenía una mirada entre triste y soñadora.

—Claro —repuse.

Al fondo, Karl hablaba de microagujeros negros y horizontes de eventos mientras Sañudo se llevaba las manos a la cabeza.

—Eso que dices no tiene el menor sentido. Además, ¿tú no eres de la segunda década del siglo veinte? ¿Dónde has oído esos términos?

—Cuando vi que el mundo estaba en peligro, viajé al futuro, leí libros de mecánica cuántica, visité países, intenté descubrir lo que pasaba sumando a mis conocimientos los de aquellos físicos aún no nacidos que pudieran ayudarme.

—¿Y cuánto tiempo has estado haciendo eso?

—Varias semanas.

—¿Y no te has parado a pensar en las paradojas adicionales que puedes haber sumado a la fisura original en el espacio-tiempo? Tal vez ahora sea imposible deshacer el problema.

Wolfram y Wolfram nos alejamos de allí, cabizbajos. Entramos en la primera habitación a nuestra izquierda. Estaba vacía, sin un mueble ni señales de haber estado ocupada en mucho tiempo. A la derecha, sin embargo, fuimos a dar de frente con un muro del que colgaban un sinnúmero de hojas de papel, recortes de periódico y fotografías. Las hojas de papel contenían fórmulas completamente incomprensibles para alguien sin formación en la física de los viajes en el tiempo, como nosotros; los recortes aludían a sucesos del pasado, aunque la mayoría hablaban de acontecimientos del futuro próximo. Las fechas de los diarios no iban mucho más allá de mil novecientos cincuenta, aunque algunas llegaban hasta muy avanzado el siglo XXI. En cualquier caso, preferí no prestarles demasiada intención. Sólo un necio quiere saber lo que deparará el día de mañana. Por último, las fotografías eran instantáneas tomadas en diferentes lugares y, conjeturé, en diferentes épocas históricas. En la mayoría de ellas se veía a Karl rodeado de personas de todo tipo de género y condición, la mayoría sin duda científicos de renombre que no sabían que les estaba interrogando un viajero del gusano. Ninguno me resultó a primera vista conocido. Supuse que aquello era una suerte de registro o dietario de sus viajes buscando una explicación a lo que tal vez no pudiera ser explicado.

Me lo imaginé regresando cada ciertos días a aquel lugar para dejar constancia de los avances en su investigación. Lo conocía ya bastante bien para saber cómo lo había hecho. La primera vez habría llegado ocho horas antes del incidente y se había marchado luego de colgar sus datos, fotos y ecuaciones, antes de que pasasen veinticinco minutos. La segunda vez había venido siete horas y media antes, luego siete, luego seis y media. Así no había peligro de que se encontrase a sí mismo. Mi encuentro con Wolfram del futuro probaba que este tipo de paradoja, al menos de momento, no resultaba peligrosa, pero Karl no lo sabía y habría tomado todas las precauciones posibles a su alcance. Además, en caso de alguna vez sus reflexiones le hubiese llevado más tiempo de lo esperado o, sencillamente, se despistase, había a la izquierda una habitación vacía donde esconderse y en la que nunca habría entrado por si se escondía él mismo.

Luego de esta reflexión, entendí, de una vez por todas, la razón por la que los viajes en el tiempo no deberían existir. Sólo un loco podía enfrentarse a la ligera con retos semejantes. Era como jugar una partida de ajedrez a nivel cósmico en la que un sólo error al mover una pieza destruía el tablero. Nadie debería tener el derecho a jugar aquella partida. Nadie.

—Tú todavía no has conocido a Pilar, ¿verdad? —dijo de pronto Wolfram del futuro, cogiendo un recorte de periódico del tablón y comenzando a leerlo.

—¿Pilar?

—Mi segunda esposa.

—¿Nos volvemos a casar?

—Sí. Una mujer maravillosa.

—Es bueno saberlo —aduje, algo cínico—. Si bien tengo mis dudas de que eso suceda en mi universo porque me han diagnosticado un tumor cerebral y no me dan ni un mes de vida.

Wolfram del futuro había terminado su lectura. Me miró desolado y se guardó el recorte del periódico en un bolsillo de la chaqueta.

—Créeme que lo siento. Yo nunca sufrí un tumor. Siempre he tenido muy buena salud. Lo que yo decía. Dos Wolframs. Dos mundos diferentes. Con uno por universo hay más que suficiente.

—No lo sientas —le consolé—. Estoy seguro que la Europa de tu tiempo no tiene nada que merezca la pena salvarse.

—Nada, salvo Pilar. A ella es a quien debo salvar —dijo Wolfram del futuro, enigmático.

Regresamos al salón principal, donde Schwarzschild y Sañudo seguían impartiéndose mutuamente su clase magistral.

—¿Y por qué no morimos aplastados por las fuerzas de marea cada vez que atravesamos el horizonte de eventos? —decía en ese momento Karl.

—Por que no atraviesas ningún horizonte de eventos, eso es una estupidez que te has inventado sobre la marcha. Es un portal, una cavidad del Teseracto, que tendrá sus propios mecanismos fisiológicos para estabilizar su cuerpo y permitirnos viajar con la seguridad que precisamos.

—¿Y también nos provee de la mezcla exacta de oxígeno que necesitamos para respirar en su interior? ¡Dios, es un gusano amabilísimo!

—Por favor, Schwarzschild, no te rías de mis teorías. Yo no lo haré de las tuyas. Como de esa de que nos quedamos atrapados en el horizonte de eventos y creemos viajar, pero en realidad vivimos una proyección mental.

—Claro, hasta que salimos por el otro extremo. Luego volvemos a ser reales.

—¿Qué otro extremo? ¿En el gusano no somos reales? ¿De qué hablas?

Pasó el tiempo. Una media hora. Entre explicaciones y desencuentros, comenzamos a conocernos un poco mejor los unos a los otros y ya nadie parecía tener ganas de matar a nadie. Era una situación tan irracional que de no haber estado todos metidos en ella hasta las cejas, nos hubiéramos echado a reír a carcajadas.

—¿Y ahora qué? —dijo Wolfram del futuro, guardando su revólver en una cartuchera que colgaba de su axila. Hasta ese momento, lo había llevado en la mano, como un raro apéndice de acero que le sobresaliera de entre los dedos.

Karl dio un respingo mientras miraba su reloj.

—Ahora, aunque es evidente que muchas cosas no las entendemos todavía, nos vamos a asomar a la ventana y veremos lo que ha causado de verdad la paradoja.

Karl dijo lo anterior mientras cerraba la tapa de su reloj y se acercaba a un gran ventanal que presidía el salón del segundo piso de la vivienda. Desde allí pudimos ver un avión de reconocimiento aterrizando entre bandadas en un llano inclinado. Una maniobra peligrosa e innecesaria que podía haberle costado la vida al piloto.

—Vaya idiota —dijo Wolfram del futuro que, como yo, era un piloto experto.

—Un mentecato —ratifiqué—. Ese ha ganado el carnet de piloto en una tómbola.

Como este relato que plasmo en mi diario, trata en esencia de paradojas, no puedo dejar de notar un hecho paradójico que se produjo en ese instante.

—Vaya memo —insistía Wolfram del futuro—. Con esa maniobra puede haber dañado gravemente el aparato.

No acabó la frase. Un hombre acaba de descender de la carlinga. Aunque tenía casi diez años menos que yo y casi treinta menos que Wolfram del futuro, le reconocimos al instante, con su cabellera rubia y aquel rostro tan joven, sin un asomo de imperfección o de arruga.

Era el Wolfram Von Richtoffen que combatió en la guerra civil española.

—Antes que nada, no pierdan de vista el cielo, un poco más arriba.

Karl nos estaba señalando un segundo aparato, entre las nubes, que viró bruscamente y se alejó. Se trataba del mismo tipo de avión, un Henschel HS-126, por lo que no es nada extraño que el científico hubiera pensado que se trataba del mismo avión. Supongo que, a fuerza de buscar paradojas, la mente acaba por encontrarlas donde no las hay.

—¡Por el amor de Dios! —Miguel se cogió de sus escasos cabellos—. ¡No puede ser!

Karl apoyó una mano en su hombro.

—Yo siempre había creído que tu agujero de gusano creó una paradoja, que creaste una línea de futuro alternativa. Ese era el problema. La vida de Wolfram se había bifurcado en dos, una, la correcta, de la realidad de la que yo provenía. Otra, la incorrecta, que avanzó en la tuya. Por eso estuve convencido mucho tiempo que matar a tu Wolfram solucionaría todo.

—Hace un rato llegué a una conclusión parecida respecto a ti —reconoció Miguel—. Creí que habías encontrado un agujero de gusano y provocado sin querer la paradoja. También pensé que matándote acabaría con los Campos Baldíos.

Se miraron, cómplices de algo que pensaban que era un gran descubrimiento.

—Pero eso lo cambia todo —dijeron ambos a coro, señalando a un joven Von Richtoffen que lloraba y arrojaba su pasaporte de la Legión Cóndor al suelo. Más allá del ventanal, mi yo más joven, se lamentaba ajeno a aquellos que le mirábamos evolucionar por entre los matorrales, todavía lloroso, maldiciendo su suerte.

—¿Qué puede cambiar esa escena de allí abajo? — aduje. Wolfram del futuro, a mi lado, asintió vigorosamente.

—¿No lo entendéis? —inquirió Karl, con los ojos desorbitados—. Los dos somos una paradoja.

—¿Los dos? —dijo Wolfram del futuro, boquiabierto.

Miguel se acercó a su amigo. Trató de sonreír.

—Ese había que habéis visto allí arriba no era un segundo avión sino el mismo avión que descendía sobre el llano.

Wolfram del futuro iba a decir algo, pero le detuve con un gesto.

—Tu hermano lo comprende —dijo Miguel—. Mientras sobrevolabais este lugar en mil novecientos treinta y siete se abrían más abajo nuestros agujeros de gusano. Una parte de vosotros, por alguna razón que no sabemos, quiso descender y montar esa escena de lloros y de lamentos. ¿Un amigo muerto? ¿Alguien muy cercano caído en combate? No importa. Ya nos lo contareis si os veis con ánimos de recordar. El caso es que el verdadero Wolfram siguió su camino en su avión como habéis visto más arriba, mientras el otro entraba en el área de influencia de nuestros agujeros de gusano.

—Pero somos dos y no uno —opiné levantando dos dedos de la mano derecha.

—Dos Teseractos, dos Wolframs adicionales —me explicó Sañudo—. Es así de sencillo. En ciencia, al final, siempre lo es.

—Así es. Tan sencillo como que ninguno de vosotros es real —adujo Karl—. El verdadero Von Richtoffen ha vivido su vida y a saber dónde estará ahora. Schwartszchild y Sañudo se alejaron, mientras continuaban hablando en su jerga científica sobre lo que era conveniente hacer ahora que conocían la verdad. Ahora bien, "la verdad" que creían conocer era una patraña.

—¿Por qué no les has dicho que en ese otro avión iba nuestro ayudante? —quiso saber Wolfram del futuro cuando nos quedamos solo en el ventanal. Al fondo, nuestros anfitriones continuaban su discusión.

—Hasta ahora no había recordado este día —dije señalando a nuestro tercer alter ego, que había terminado de lamentarse y contemplaba la luna con semblante compungido.

—Fue el día de Guernika, sí —reconoció Wolfram del futuro.

—Tal vez había querido olvidarlo, aunque ambos sabemos que volamos sin rumbo fijo hasta que Worbe Wusste nos llamó por radio. Entonces despertamos de un sueño y le ordenamos que regresase. Poco después aterrizamos sin saber dónde nos hallábamos.

—Yo creí que estaba en Santander todavía, o incluso más al sur.

—Yo también —dije.

Nos echamos a reír.

—Pero sigo sin entender por qué no les has dicho que su teoría de que somos paradojas no tiene fundamento —insistió Wolfram del futuro.

—Porque sí la tiene.

—¿Cómo?

—¿No te das cuenta de que no tienen ni idea de lo que pasa? Van de aquí para allá, tratando de matar a uno o a otro buscando una explicación. Pero no la saben. No saben qué falló ni dónde falló. Ni lo van a saber nunca. Por eso todo esto tiene que acabar. Wolfram del futuro miró en dirección a los dos científicos, que se abrazaban. Entendió unos segundos más tarde que yo lo que iba a pasar.

—Se van a sacrificar, ¿no es cierto?

—Claro, son paradojas y piensan que salvarán el mundo si dan la vida por la causa. No deben existir. Eso creen. ¿Y sabes? No se equivocan. Esa tecnología de los agujeros de gusano no debería ser usada por ningún hombre, al menos hasta que la entendamos. Podrían haber destruido ya el universo un millón de veces. De hecho, creo que es un milagro que aún sigamos aquí. Además, estoy agotado... y enfermo. Sólo quiero regresar a mi tiempo, a mi mundo, y cerrar los ojos. Descansar al fin.

—Es una perspectiva muy poco halagüeña —me dijo Wolfram—. Pero te entiendo. Tengo la sensación de haber hecho este viaje muchas veces, de haber intentado acabar con los Campos Baldíos y con Di Stéfano tantas veces que es como si ya nada tuviera sentido. Es verdad. Hay que acabar con esto.

—¿Di Stéfano? —argüí, pensando que me había perdido alguna cosa importante en su razonamiento.

—Ah, eso —Wolfram del futuro sonreía—. Es una broma privada de Sañudo y mía.

No me la explicó. Y me pareció por su gesto que era una broma de esas que no hace ninguna gracia.

Un Sañudo jovencísimo estaba dando saltos de alegría en la parte de atrás de la casa. Acababa de descubrir las ecuaciones que abrían su precioso

Teseracto. Le miramos por una rendija de la puerta que daba a la terraza. Nuestro Sañudo estaba orgulloso, viendo desde interior el momento más importante de su vida.

—Nadie me recordará —dijo entonces—. Nadie sabrá lo que conseguí.

—Tal vez el Sañudo del mundo real también haga ese descubrimiento.

Miguel suspiró esperanzado. Luego pasó por su cabeza todo lo sucedido desde que consiguió contactar con los Teseractos. Crisis mundial, hambre, Campos Baldíos.

—Mejor que no descubra nada, al menos en el área de las ciencias físicas. ¿Sabes? De niño quería ser químico, no sé por qué cambié de opinión.

Un motor de avión arrancaba en ese momento. Corrimos al otro lado de la sala y nos asomamos de nuevo al ventanal.

—Oí un ruido y me puse nervioso —anunció Wolfram del futuro—. Ya veía los titulares: El número dos de la Legión Cóndor capturado por las fuerzas leales a la República.

Wolfram alzó el vuelo y se dirigió a su destino, sea cual fuera.

Y se hizo el silencio, el más denso, profundo y absoluto que nunca haya existida. En aquel salón en medio de ninguna parte, cuatro hombres decidían el destino del universo.

El primero en decidirse fue Miguel Sañudo.

—Ya está bien de esperas —dijo, recogiendo del suelo el revólver que Wolfram del futuro le arrebatara un rato antes.

Los primeros pasos fueron los más difíciles. Zigzagueó, como si estuviera borracho, luego se tocó la oreja, donde la sangre comenzaba ya secarse. Por fin, armándose de valor, abrió la puerta de la terraza. Al fondo, a pocos metros, el joven Sañudo se había vuelto a sentar sobre la alberca y escribía ansioso nuevas ecuaciones. Estaba de espaldas, concentrado, sin saber que era el reo de una próxima ejecución.

—Perdonad, esto es algo privado —Miguel nos miró e inclinó levemente la cabeza.

La puerta se cerró. Se oyeron unos pasos que se alejaban. Luego nada. El rumor del viento, el crujir de una madera, el chillido de un pequeño animal, tal vez una rata. De pronto, un disparo. No pudimos evitar asomarnos al exterior. Miguel estaba llorando junto a un cadáver que tenía su propio rostro.

—¡Dejadme solo, maldita sea! —nos chilló con toda la fuerza de sus pulmones.

Cerramos la puerta. No tardó en oírse una segunda detonación.

—Podemos prepararnos para la marcha —anunció Karl, sombrío. Le pasaba como a todos, no soportaba la idea de otro de aquellos largos y ominosos silencios que lo devoraban todo.

—¿A dónde? —pregunté, mientras iniciaba el descenso.

—De vuelta a casa —dijo Karl, bajando los hombros. Estaba aún más agotado que yo. También se moría, y ni siquiera estaba seguro de haber resuelto el enigma. Sólo actuaba como si lo hubiera hecho. Supongo que estaba desesperado y quería terminar de una vez.

—Si al menos supiera dónde están mis diez minutos —añadió, apesadumbrado.

Proseguimos nuestro camino, con la cabeza aún llena de preguntas. Un poco más allá encontramos una nueva hilera de escalones, también de bajada, que parecían precipitarse hacia las mismas entrañas de aquella vieja casa. A mitad de la escalera, un peldaño podrido cedió con estrépito y me precipité contra la barandilla, no cayendo al vacío gracias a la suerte y a los fuertes brazos de Wolfram del futuro, que me sostuvo en el aire cuando parecía ya inevitable el inicio de un abrupto descenso a la planta inferior.

—Gracias —le dije, sintiendo que el corazón se me salía por la boca.

—Es algo que uno haría por cualquiera —dijo Wolfram del futuro—. Tanto más por uno mismo.

Llegamos a la calle con una sonrisa en los labios. Es curioso lo ocurrente que puede resultar ser tú otro yo, aún en una situación como aquella. Karl, por su parte, ni siquiera había advertido el incidente y estaba entregado a un soliloquio que, por desgracia, expresaba en voz alta.

—Estaba convencido que los diez minutos tenía algo que ver con todo esto. Es lo único que no me cuadra.

Lo repitió varias veces mientras avanzábamos hacia el pueblo de Tudela-Veguín y hacia la loma de la que partía su gusano.

—Por eso te hice traer tu reloj —me dijo al fin—. Creí que esos diez minutos aparecerían y tú necesitarías contarlos. No sé para qué. Era una intuición. Los científicos nos valemos de ellas mucho más de lo que la gente cree, ¿sabes?

—¿Qué es eso de los diez minutos? —demandó Wolfram del futuro, que había conocido aquella noche a Schwarzschild y por tanto no sabía nada de aquel asunto.

—Es una historia larga —reveló Karl—. Digamos que para que el agujero de gusano pueda ser atravesado el tiempo debe marchar a diferentes velocidades entre el interior y el exterior, como si fuesen dos cámaras estancas. En el gusano el tiempo se detiene y al atravesarlo nos envía a una velocidad próxima a la luz a nuestro destino.

Wolfram del futuro no lo había entendido, pero se dio cuenta que eso no era lo importante sino aquello que Karl no entendía.

—¿Y qué falla?

—Al principio creí que se debía al tiempo que tarda el gusano en abrirse, mientras encuentra la energía necesario para el viaje.

—Sañudo lo llamaba proceso de estabilización.

—Es un buen nombre, pero cualquiera estaría bien —opinó Karl—. Lo cierto es que el proceso de estabilización no puede ser la causa.

—¿La causa de qué? —pregunto Wolfram del futuro, que comenzaba a impacientarse?

—Ah, ¿no os habéis dado cuenta? —repuso Karl—. Cada vez que entramos en el agujero de gusano el tiempo se atrasa diez minutos. Es como si, en cada viaje, guardase exactamente esa cantidad de tiempo por si descubrimos lo que debe hacerse con él, con esos diez minutos vaya.

El pueblo ya se insinuaba a unos pocos cientos de metros. Yo iba delante, porque aquel tema de los diez minutos hacía tiempo que me traía sin cuidado. Sin embargo, cuando Karl hizo la última afirmación saqué mi Glashütte del bolsillo y le di cuerda. Pensé que sería curioso comprobar si lo que decía Karl era cierto.

—¿El reloj de papá?

Me volví. Wolfram del futuro alargaba una mano. Le entregué el reloj.

—Sí. Lo llevo siempre conmigo.

—Yo lo perdí en la campaña de Stalingrado ¿Te importa dejármelo?

Me estremecí. No me había separado de él desde niño.

—Es que... Es que...

—Lo necesito, hermano —me dijo mi otro yo—. Es para algo muy importante.

—¿Cómo de importante? —repuse.

Wolfram se volvió hacia Schwarzschild.

—Corrígeme si me equivoco, Karl.

Karl asintió.

—Mi hermano regresa a donde sea que estuviera. En prisión creo que me dijo, ¿no es eso? —comenzó mi hermano. Al ver que nadie le interrumpía prosiguió—: Tú regresas al momento en que descubriste cómo viajar en el gusano. A corregir tu error como acaba de hacer Miguel Sañudo.

Karl se mordió los labios. No dijo nada.

—¿Y yo? —preguntó Wolfram del futuro.

—¿Tú?

—Sí, yo. El agujero de Sañudo nunca ha sido inventado. No puedo regresar a mi tiempo porque probablemente ya ni existe. ¿Qué debo hacer con mi vida?

Karl se dio cuenta que no lo había pensado. Fue a abrir la boca pero tampoco dijo nada. Wolfram del futuro lo hizo por él.

—Es como si los hados me hubieran dejado al margen de este asunto. Y esto es porque tengo otra misión.

—¿Cuál? —Karl y yo hablamos casi a la vez.

—Está muy claro —dijo Wolfram del futuro, sacando el artículo de periódico que había arrancado del tablón de Schwarzschild en la casa—. Sé donde están tus diez minutos.

—¿Estás seguro de que lo sabes? —dijo Karl— ¿Y también de que eres tú el que debe acometer esa misión? —Seguro —contestó Wolfram del futuro que se había negado a enseñarnos lo que decía aquel artículo. Nos aseguró que era un asunto personal y por eso precisamente los diez minutos eran cosa suya.

—Gracias. —Karl, contento de quitarse de encima la última sombra de duda sobre la resolución de aquella paradoja.

Estábamos en la loma, preparados para subir al gusano y alejarnos de aquel lugar infernal. No muy lejos, oí a una vaca mugir y me volví. Vi a un vaquero que nos miraba desde una colina un poco más alta. Le acompañaban varias reses, que pastaban sin prisas.

—¿Nos habrá visto? —pregunté.

Karl se encogió de hombros.

—Sólo es un campesino. Lo he visto en todos mis viajes a este lugar. Siempre está ahí mirando. Al principio me preocupó que llamase a la autoridad, que en este momento preciso era republicana y podría habernos tomado por espías. Pero nunca ha hecho nada. Sólo nos observa. Es un tipo de pueblo que pasea con sus vacas. Nada más.

Wolfram del futuro y yo intercambiamos una mirada de inteligencia. Aquella típica afirmación de hombre de ciudad no nos dejó satisfechos. Nos habíamos criado en las montañas de los sudetes y sabíamos que la gente de campo es cualquier cosa menos tonta. Pero bueno, nuestro camino en aquel lugar había terminado. Aquel hombre no nos podía influir en nuestro destino, ni para bien, ni para mal.

Pensando en todo ello, penetré el primero en el gusano.

19

DESPEDIDAS

(1915)

Estaban en Rusia, en el segundo año de la Gran Guerra. Hacía un frío terrible, que calaba los huesos, pero ninguno de ellos sentía el abrazo helado de la tundra. Era el momento de decirse adiós.

Karl Schwarzschild se despidió de su compañero de viaje con un abrazo. Vio a Wolfram penetrar en el interior del gusano y desaparecer en su horizonte de eventos. Tenía que regresar a la prisión de Bad Ischl, a su lugar y a su tiempo, para morir engullido por los Campos Baldíos. Y Wolfram, como el buen soldado que era, lo había asumido con entereza, con honor.

Entonces oyó una voz a su espalda.

—Me pregunto por qué el resto de nosotros no sufrimos los efectos de la radiación.

Se volvió. El segundo Wolfram Von Richtoffen le observaba con el semblante serio. Era un anciano, sus sienes se habían teñido de gris y su mirada resultaba dura, tal vez porque había visto demasiado, tal vez porque no volvería a ver a la mujer a la que amaba y eso el pesaba más que la vejez o el terrible destino que le esperaba.

—No sabía que estabas aquí —repuso Karl—. Pensé que te habías quedado en el gusano. Al fin y al cabo, apenas nos conocemos. Tú conociste la realidad del Teseracto de Sañudo. La mía es mucho más aburrida. Comienza y concluye aquí.

Una llanura helada, una posición fortificada, erizada de trincheras, muy al fondo y una loma a su derecha con un soldado que está haciendo mediciones balísticas.

—Soy un hombre curioso —dijo Wolfram—. No me gustan los cabos sueltos.

Su pregunta inicial había quedado en el aire. ¿Por qué sólo Karl tenía aquellos bultos en el rostro a causa de la radiación? ¿Por qué Sañudo no los tenía? ¿Ni ninguno de los Wolframs? Él provenía de un universo que había llegado a mil novecientos sesenta y tres, por lo que se conocía bien sus efectos y su toxicidad. Eran tristemente famosas las ciudades de Hiroshima y Tokio, donde los rusos habían lanzado bombas atómicas en los últimos meses de la segunda guerra mundial, poco antes de proclamarse vencedores y comenzar un dominio indiscutible de la economía y la política mundiales.

—No es radiación —repuso Karl, con gesto agrio—. Creo que el gusano nos protege de ella o, si sufrimos algún efecto, aún no se ha hecho visible. Lo que me pasa se llama pénfigo.

—¿Pénfigo?

—Una rara enfermedad de la piel, un trastorno autoinmune que se caracteriza por ampollas en la piel, úlceras sangrantes, costras... Normalmente no es mortal, pero mi caso es grave. No tiene cura.

—Creo que oí decir a Wolfram, vaya, al otro Wolfram, que eran los efectos de una radiación mortal debido a los viajes dentro del gusano.

—Yo también lo pensé cuando empecé a leer libros en el futuro sobre los viajes en el tiempo. Pero no, fui a un médico de un tiempo lejano, con una tecnología impensable para un hombre de mil novecientos dieciséis, como yo, y me dijo que ya estaba condenado desde hacía meses, sin saberlo. Ironías del destino.

Wolfram asintió. Él también entendía lo irónico que podía ser a veces existir en un mundo que te hace pagar hasta el último de tus errores, incluidos aquellos que nunca has cometido.

—Él también está acabado, ¿no es así? —dijo Wolfram, señalando en dirección a la loma, hacia aquel hombre que tomaba apuntes y contemplaba cómo una nueva andanada de proyectiles machacaba las posiciones enemigas.

—¿Sabes quién es? —se sorprendió Karl.

—Lo supongo tan sólo. Todos hemos llegado al final y tenemos que enfrentarnos a nuestros fantasmas. Casi siempre esos fantasmas están en nosotros mismos. Por eso he pensado que ese hombre de la colina debes ser tú.

—El teniente de artillería Karl Schwarzschild, sí. Hasta hace poco estaba haciendo cálculos balísticos y correcciones de trayectorias para mis superiores, al objeto de matar mejor y más eficientemente a nuestros enemigos rusos. Pero hace unos minutos, mirando uno de esos proyectiles, he tenido una idea y ya debo tener avanzada una carta a Albert Einstein, una en la que doy respuesta a sus ecuaciones sobre la relatividad partiendo de la base que el espacio-tiempo podría no ser lineal sino esférico y utilizando por tanto coordenadas esféricas en lugar de cartesianas. Debí dar en el clavo, al menos a juicio de los gusanos. Al cabo de un rato, con la carta a medio acabar, me levanté para cambiar de estilográfica y me tropecé, cayendo en el interior de un gusano.

Atravesé ese invisible horizonte de eventos que ellos construyen para que los penetremos y bueno, sin apenas desearlo, me vi envuelto en esta aventura.

—¿Vas a matar a tu otro yo como ha hecho Sañudo? Y luego le suplantarás, ¿no es verdad? Tienes su misma edad, tan sólo esas ampollas en la cara que te han salido en los últimos días. Enterrarás a ese otro Karl, cogerás sus ropas y dirás que te ha surgido una rara afección mientras estabas de servicio.

Karl se encogió de hombros.

—¿Me queda otra opción?

Wolfram se dio la vuelta, caminando hacia el gusano. Él también tenía que encontrar su destino.

—Tienes la opción de no hacerlo, sencillamente. Tú mismo has dicho que ese hombre de la colina, aunque no lo sepa, tiene sus días contados. Pero, ¿cómo de contados?

—Cinco meses, seis a lo sumo. Y los últimos tres los pasará en cama. Yo estaba allí hace menos de quince días y mira cómo tengo la cara. Y el cuerpo está aún peor.

Wolfram comenzó a caminar. No quería dar el consejo que seguía mirando a los ojos a un hombre bueno.

—Yo, en tu caso, no lo mataría. Tú mismo me has dicho que está escribiendo una carta a Einstein, un descubrimiento importante que tal vez sea una aportación decisiva para la ciencia del futuro.

—Y entonces, ¿qué hago? Si le dejo seguir trabajando se encontrará con el gusano y cometerá los mismos errores que yo cometí.

El horizonte de eventos estaba a menos de un metro. Von Richtofen, aunque no podía ver la abertura del gusano, había viajado lo suficiente como para intuir una rara deformación en el paisaje, como cuando estás delante de un cristal ligeramente sucio.

—Pues no le dejes acabar de trabajar. Dispara al aire, haz que se ponga a cubierto —Wolfram le alargó su Tokarev—. No acabará ahora su carta pero seguramente sí por la noche, cuando vuelva al cuartel. Al no desarrollar ahora del todo sus conceptos, el gusano no se abrirá y dudo que en el futuro vuelvas a tropezarte y a dar con el portal de nuevo por un resbalón. No eres tan patoso.

Karl sonrió y cogió la pistola de su amigo.

—Sí, eso estaría bien. El verdadero Schwarzschild terminaría el trabajo de su vida y la historia le recordaría como un gran hombre. —Hinchó el pecho, orgulloso porque todos guardamos algo de vanidad en nuestros corazones—. Pero entonces, ¿que hago yo?

Wolfram metió una mano en el horizonte de eventos. Vio cómo desaparecía y no pudo dejar de pensar que el mundo necesitaba la aportación de Karl sobre la relatividad pero no sus conocimientos sobre agujeros de gusano. En el fondo, los dos sabían que si suplantaba al hombre de la colina, esa vanidad que por un instante había brillado en sus ojos, le obligarían a escribir un texto, tal vez breve, embrionario, acerca de unos gusanos o Teseractos que acaso habitaran en la cuarta dimensión. Y el mundo no estaba preparado para ellos. Tal vez en el futuro; sí, en el futuro habría alguien que sabría tratar a esos gusanos, pero no en la Europa de entreguerras en la que aún transitaban. Y precisamente el destino de Wolfram, su misión, estaba relacionado con ese futuro. Los diez minutos que faltaban en el universo eran para salvaguardar un futuro de concordia entre la cuarta dimensión y nuestro mundo.

—Pero, entonces, ¿qué hago yo? —repitió Karl.

Wolfram se volvió. Porque era un hombre de honor y al final no pudo decir lo que tenía qué decir sin mirar a su interlocutor a los ojos.

—Ya sabes lo que tienes que hacer. Miguel Sañudo te enseñó el camino.

Se miraron largamente. Karl entendió al fin que cuando Wolfram había dicho "dispara al aire, haz que se ponga a cubierto", refiriéndose al otro Karl de la colina, había mentido. El disparo que distraería a un hombre que no debía terminar su carta y descubrir los agujeros de gusano no se efectuaría al aire.

—Adiós, Von Richtoffen —dijo Karl, apoyando la pistola contra su sien.

Wolfram no contestó. No quería que su última visión de Schwarzschild fuese una cosa tan terrible como aquella. Por una vez decidió actuar como un cobarde. La ocasión la merecía. Así que dio un salto y entró por la abertura del gusano.

20

CUANDO LOS CAMPOS BALDÍOS NOS ALCANCEN

(4 de Julio de 1945)

DIARIO DE WOLFRAM VON RICHTOFFEN

(Fortaleza-Presidio de Bad Ischl)

Regresé a mi realidad en prisión cuando acababa de amanecer. Nada más penetrar en mi celda, me sobresaltó un alarido que parecía provenir de todas partes. A los pocos segundos, el alarido se reprodujo, atravesando muros de piedra como si se hubiesen tornado réplicas de cartón. Luego, aquel eco aterrador se transformó en un coro múltiple, una polifonía de aullidos de dolor y de pánico que convergieron en un estertor gutural al que siguió un silencio tenaz, absoluto, que se me antojó tan intolerable y despótico como el primero de los lamentos que le habían precedido.

Lentamente, entretanto ponía en orden mis pensamientos, me incorporé del suelo y contemplé mi celda de doce metros. Todo seguía igual. Allí estaba mi mesa, mi silla, mis paredes desconchadas y mi aseo disimulado detrás de una cortina. Nada había cambiado pero, a la vez, todo parecía distinto. Mi angosto calabozo se me antojó más opresivo y minúsculo, mi condena me resultó más pesada e injusta, mi enfermedad y mi muerte más liberadoras y necesarias.

Nada tenía sentido, ni los viajes al pasado, ni aquel presente de pesadilla, me repetía una y otra vez, sin descanso. Mientras me lavaba la cara, me vinieron a la memoria las últimas palabras de Karl antes de despedirnos.

"No sé de cuanto tiempo dispones, amigo Wolfram. No mucho. De una forma u otra, conseguiré que el Karl Schwarzschild del pasado no encuentre al gusano. Una vez hecho esto, tendrás algo menos de diez minutos para despedirte de este mundo", me dijo, dándome un abrazo.

"A estas alturas, me parece un tiempo más que suficiente", repuse, cansado.

Sabía que no lo vería nunca más. Ni a él, ni a mi otro yo, que debía estar en ese momento deshaciendo la paradoja. Esperaba de todo corazón que lo consiguiese.

Tranquilamente, sin prisas, recompuse el entramado de madera del enlosado y el gusano desapareció. De pronto, la estancia estaba como siempre, sin visitantes, sin máquinas del tiempo, sin paradojas temporales y sin Wolframs. Sólo uno, dispuesto a componer su adiós, sin gestos a la galería, sin alharacas. Al final, la muerte es sólo la muerte.

Saqué mi diario y escribí durante largo tiempo, pensando que el universo desaparecería en medio de un párrafo, mientras desgranaba la historia de estos días de locura y viajes en el tiempo. Pero no pasó nada. Tal vez Karl se equivocase una vez más. Tal vez esos diez minutos que tarda el gusano el gusano en desaparecer sean aquí una eternidad. ¿Quién conoce en verdad la medida del tiempo? El sonido de unas botas claveteadas corriendo por el pasillo me sacó de mis ensoñaciones literarias. Alguien venía a buscarme. Sonreí para mis adentros imaginando de quién podría tratarse: ¿Elsie Douglas, echándome en cara mil crímenes contra la humanidad y mirándome con sus ojos centelleantes y acusadores? ¿Roderick con su porra asesina? ¿Un nuevo Karl salido de algún otro agujero de gusano? ¿Yo mismo en otra línea temporal?

Pero quién apareció al abrirse la puerta fue Johnston, el segundo de mis celadores, que al verme de pie en medio de la celda, dio un suspiro de alivio.

—Menos mal que ha regresado, señor. Acompáñeme. Le necesitamos.

Ni insultos, ni empellones, ni camisas de fuerza. Además, de pronto había alcanzado el honor de ser llamado "señor" en lugar de "maldito nazi". Por un momento, pensé que debía estar soñando. Me pellizqué. No sucedió nada. Johnston me precedía por uno de los pasillos de la prisión, sin decir palabra. Ni siquiera vigilaba mis movimientos o se había opuesto a que llevase mi diario conmigo, ya que lo había tomado sin darme cuenta. Caminaba a toda prisa sorteando laberintos de celdas, garitas de los guardias y demás instalaciones, presa del nerviosismo, mientras mordisqueaba las uñas.

—Por aquí, señor —dijo de pronto, advirtiendo que me había rezagado junto a la puerta del salón de reuniones donde el día anterior me había entrevistado con Elsie Douglas.

—¿No va a interrogarme hoy la señorita Douglas? ¿No está ya interesada en los crímenes del Tercer Reich? —inquirí, con gesto apático, poco predispuesto a contagiarme por la inquietud de mi guía.

—¿Interrogarle? —Johnston pareció no entender mis palabras. Le vi titubear, comerse un último pedazo de uña de su pulgar hasta hacerse sangre —. Ahora mismo el pasado es lo de menos, señor. Tenemos demasiados problemas en el presente para preocuparnos por su juicio.

Subimos una escalera que nos llevó del sótano, donde se hacinaban las celdas y algunas estancias menores, hasta la planta baja. Cuando llegamos al último tramo, me revolví, demandando una explicación:

—Entonces, ¿a donde nos dirigimos?

Nos encontrábamos en el extremo apuesto a mi calabozo, sobre el lado que daba a occidente. Habíamos atravesado de norte a sur la prisión hasta alcanzar un enorme corredor de no menos de cincuenta metros de lado. Frente a nosotros, se abría la entrada al patio delantero, desde donde me llegó el rumor de voces crispadas y soñolientas. Un grupo de personas discutía vehemente, interrumpiéndose y acusándose sin tregua.

—¿Vais a liberarme? —tanteé, viendo que se negaba a responder— No iréis a fusilarme... —añadí, aprensivo, pues no en vano Johnston me llevaba hacia la fachada principal de Bad Ischl, y sólo se me ocurrían de momento esas dos posibilidades.

—En realidad, es mucho más sencillo. Los diez que quedamos hemos decidido hacer un pacto con usted —me reveló Johnston, justo en el momento en que salíamos al exterior y nos dábamos de bruces con los nueve últimos habitantes de la prisión de Bad Ischl, aparte de mi interlocutor y de mí mismo.

—¿Qué quieres decir con un pacto y con que...? —comencé, pero las palabras se me helaron en la boca.

Elsie Douglas encabezaba la comitiva que me esperaba frente a la fachada de la prisión. Temblando como una hoja al viento, se había recogido el pelo en una coleta que le hacía parecer aún más joven que la primera vez que nos vimos. A su lado, Roderick me lanzó una mirada cargada de desprecio mientras acariciaba su porra y se ponía tieso, todo su corpachón en guardia y listo para atacar. Detrás, el PM que custodiaba los calabozos apretaba su casco contra su pecho como si fuese un niño que abraza un peluche. Por fin, un poco al margen, vi seis soldados americanos, ojerosos, demacrados, esperando una orden que no terminaba de llegar.

Pero no había sido aquel extraño séquito, que más parecía cortejo fúnebre, lo que sellara mis labios, sino lo que alcancé a ver a su espalda; o, más bien, lo que no pude ver. Porque los muralla que envolvía la prisión, las alambradas, los puestos de vigilancia... todo había desaparecido. Aunque eso no era lo peor. Tampoco estaban los lagos majestuosos que nos circundaban, ni las orgullosas cumbres coronadas por el monte Katrin o el Palacio Imperial que debería alzarse en lontananza. En su lugar, no había nada. Absolutamente nada. Al principio creí que era una suerte de niebla muy densa que impedía que la luz la atravesase, mas de pronto, instintivamente, comprendí que no se trataba de niebla, pues no había cambios de intensidad en el blanco perpetuo que dominaba el horizonte; también había desaparecido el cielo azul del mediodía y, si aquello fuese sólo alguna suerte de bruma, se oiría cantar a los pájaros, ladrar a los perros de los guardias, susurrar a la naturaleza. No era así. La vida, en todas sus formas, estaba abandonando la prisión de Bad Ischl.

—Señor Mariscal del Aire —dijo Elsie Douglas, adelantándose cabizbaja y humilde del grupo de supervivientes. Pero se interrumpió, recomponiendo el gesto y meneando la cabeza, rebelde consigo misma. Comprendí que había estado entrenando para mostrarse sumisa ante mí cuando apareciese, pero su carácter orgulloso le había jugado una mala pasada. Carraspeó y, haciendo acopio de todas sus fuerzas, juntó las manos en una súplica—: Wolfram, por favor, sabemos que eres un mago poderoso o un ser inmortal o un... —se resistía a decir "demonio"— en fin, alguien que puede desaparecer y aparecer en su celda a voluntad, atacar a Roderick desde la invisibilidad y el Director del campo, antes de morir por sus heridas, nos dijo que detrás de la bruma te ocultabas, sobre un viejo avión de reconocimiento, que no sabía cómo pero que tú estabas detrás de todo esto. — Tragó saliva— Así pues, lo que seas nos da igual, sólo te pedimos que nos perdones y acabes con esta pesadilla.

Incliné la cabeza, avergonzado. Aquellos hombres y mujeres orgullosos no merecían morir bajo el yugo del terror, ignorantes de lo que estaba pasando, en manos del último nazi de la tierra. Porque, para empezar, yo no era un nazi, y no pensaba valerme de sus miedos para vengarme en nuestra última hora.

—No se preocupe, señorita Douglas —dijo, tratando de mostrarme conciliador—. En breves instantes todo lo que está viendo habrá desaparecido y el mundo volverá a la normalidad.

Lo más curioso es que no estaba mintiendo. Mientras hablaba advertí que la parte superior de la fachada había desaparecido desde la última vez que la mirara, apenas unos segundos atrás. El cortejo fúnebre de americanos no lo había visto porque estaban concentrados en aquel ser al que creían todopoderoso. Qué ironía pensar semejante cosa de un oficial alemán derrotado y moribundo. Pero, sea como fuere, teníamos poco tiempo.

—Les prometo —añadí, mientras me sentaba en el suelo y tomaba mi diario—, que no tienen que preocuparse de nada. —Me volví entonces de nuevo hacia la ayudante del fiscal estadounidense en los juicios de Nüremberg— ¿Sabe, Elsie? ¿Puedo llamarle Elsie?

—Claro —dijo ella, que había percibido por fin en mis pupilas el brillo de la verdad. Esa verdad que había venido a buscar desde Berlín. Abrí el último capítulo de mi diario. Apoyé la estilográfica.

—Los seres humanos, querida Elsie, cuando buscamos un detalle que no encaja siempre nos inclinamos por la grandilocuencia, las grandes gestas, los momentos decisivos de la historia. Usted misma, mientras me interrogaba, quería saber si de verdad estuve en el intento de asesinato de Hitler, o si sabía detalles de la resistencia contra el tirano. No le interesaba si fui un buen soldado, si actúe como tal con dignidad y honor. No le interesaba si fui un buen hombre, si cuando algunas órdenes me repugnaban, las obedecí sin cuestionármelas o si por el contrario me rebelé interiormente y maldije todas las guerras. Usted no quería saber quién era yo, quería las luces de neón, si di la mano al Führer alguna vez, si me abracé con Himmler, si me reí de un chiste de Bormann o de Goering.

—¿Por eso nos estás castigando? —inquirió Elsie— ¿Por qué no te respeté como hombre ni como soldado?

Negué con la cabeza, un tanto decepcionado.

—No entiendes nada. Yo no os haría ningún daño. ¿Para qué? La guerra está perdida, Alemania se rindió y no obedezco órdenes de mis superiores. Ya no tiene sentido luchar. —Sin darme cuenta elevé el tono de mi voz— Pero por ahí hay un hombre con mi misma cara y mi mismo rostro que ha comprendido la verdad. Otros hombres más grandes que él o que yo, buscaron la solución a esta paradoja, como tú en la búsqueda de quién era en verdad Von Richtoffen, en grandes momentos de la historia, en el atentado de Stauffenberg al que antes me he referido, o en el momento en que se abrieron los agujeros de gusano por primera vez. Pero se equivocaban. Wolfram Von Richtoffen no es un Mariscal del Aire del Reich, es sólo un hombre bueno... o malo. Tal vez ni una cosa ni otra, como la mayoría. Pero la solución a esta paradoja que nos devora se encontrará en algo que le define como el hombre que es, no como el soldado que fue. Los diez minutos que todos buscan no los pasé con Hitler ni con ningún jerarca nazi, o con usted. Estoy seguro. Esos diez minutos hablarán de la persona que fui, del hombre sencillo y justo, estricto pero afable, voluntarioso e imperfecto, que he sido.

No sé si me comprendieron; seguramente no, ya que había acabado por hablar de gusanos y de paradojas más allá de su entendimiento. Y del mío. Qué más da. Les di la espalda y me puse a escribir el final de mi historia, el momento presente, éste en que las brumas nos rodean y avanzan sigilosas a nuestro encuentros.

—¡Matémosle! —acaba de gritar Roderick.

Por el momento sus compañeros le han detenido, pero el Campo Baldío está a menos de cinco metros y les amenaza con sus zarpas etéreas e insondables. Pronto el miedo a ser engullidos será más grande al miedo a ese gran taumaturgo (debo ser yo) que se ha dado la vuelta y garabatea en un libro terribles fórmulas alquímicas.

Antes de que las brumas terminen su trabajo, Roderick, sigiloso, se colocará a mi diestra para descerrajarme un tiro en la nuca. Ya casi puedo oír sus pasos.

Ah, qué cosa más terrible es la eternidad que me espera. Qué cosa más terrible es tener que morir con la sospecha de no haber jamás existido.

21

MINUTO 0
(Fuera del tiempo, en el interior del gusano)

Wolfram Von Richtoffen estaba de nuevo en el interior del Teseracto. Su otro yo, el Wolfram más joven, había regresado a prisión de Bad Ischl, donde ya estaría muerto o despidiéndose de aquel mundo lleno de realidades alternativas por el que estaban condenados a transitar. Karl Schwarzschild, por su parte, se había levantado la tapa de los sesos y yacía muerto, en medio de la estepa rusa. Miguel Sañudo había seguido el mismo camino y ahora dormía el sueño eterno en compañía de otro Miguel Sañudo, delante de una casa perdida en la montaña asturiana.

Todo el mundo tenía un doble con el que morir o al que matar, todo el mundo fallecía en compañía de algún otro que, incrédulo, se preguntaba cuándo y cómo se despertaría, cuándo y cómo terminaría aquella paradoja que roían las vísceras del tiempo. Pero pronto se quedarían sin víctimas a las que devorar.

Porque sólo él quedaba por morir. Y esto era porque Wolfram debía terminar con aquella pesadilla.

—Tengo el artículo —dijo, sacando una hoja amarillenta del bolsillo de su chaqueta—. Sé dónde

211

quieres que vaya. Llévame, pues, y acabemos con todo esto.

Pero el Teseracto no entendía las palabras del ser de carne. Le oía hablar, es cierto, pero aquella vibración que surgía de sus cuerdas vocales podía significar cualquier cosa. Tenía que estar seguro que el humano entendía, que el humano se arrepentía, y que estaba preparado para el sacrificio. Si Wolfram se equivocaba de misión o fallaba en el intento, todos estaban condenados.

Se abrió un portal, aquella oquedad fantasmal que llevaba de un tiempo a otro, de una posibilidad a otra aún peor. Las entrañas del gusano mostraron en esta ocasión una escena que a Wolfram le condujo a un lugar olvidado en sus recuerdos. Una pista de aterrizaje, los Junkers despegando cargados de bombas y dos hombres mirando con sus prismáticos las evoluciones de los bombarderos. Ambos llevan las botas altas, los pantalones bombachos y el uniforme color caqui de los alemanes de la Legión Cóndor. Pero uno lleva los galones de Comandante y el otro es su ayudante, el teniente Coronel Von Richtoffen.

Estaban en el aeródromo franquista de Vitoria. La fecha: veinticinco de abril de mil novecientos treinta y siete.

—Están haciendo un buen trabajo nuestros chicos en el frente norte —dijo el Generalmajor Hugo Sperrle, aspirando el olor del olor del humo y el de la goma quemada.

Wolfram, uno jovencísimo, orgulloso y cínico, aquel que existía sólo en el pasado, se volvió hacia su superior, bajando los prismáticos.

—Es verdad. Nuestros aviones están haciendo estragos entre las filas de los republicanos vascos. Los rojos no están preparados para las técnicas modernas de nuestro ejército.

Sperrle estuvo de acuerdo. Pero su rostro se ensombreció por un momento, dominado por la incertidumbre.

—Y aún así, creo que necesitamos un gran triunfo, una demostración de fuerza tan prodigiosa que nadie en adelante pueda olvidarse de las fuerzas aéreas alemanas, la gloriosa Luftwaffe.

Wolfram había oído hablar de una ciudad que era el estandarte de la resistencia vasca. Aquellos malditos Gudaris del norte, aguerridos y tenaces, estaban retrasando las operaciones del general Mola. Pero, tal vez, si aquella ciudad que guardaba el símbolo de su nación, era destruida, la moral de los soldados se derrumbaría. Y el símbolo era, por lo que había creído entender Wolfram, un árbol junto al que en el pasado se había jurado respetar las libertades del pueblo vasco. Destruyendo el árbol, la ciudad que lo albergaba y todos sus habitantes, se mandaría un claro mensaje al enemigo: se acerca vuestro fin.

—¿Y si arrasamos Guernika? —dijo Von Richtoffen.

No sabía que acababa de inventar un nuevo tipo de asesinato de masas que sería un día sumado a la lista de crímenes de guerra que pueden cometer los ejércitos en campaña.

Dentro del gusano, Wolfram se echó a llorar.

—Soy culpable —dijo, en un hilo de voz muy débil.

A continuación, se vieron imágenes de cómo continuó su carrera, una vez terminada la guerra civil española, durante la guerra de Hitler. Tuvo que contemplar bombardeos de posiciones defensivas y

213

fortificaciones, casas, barrios enteros, hombres, mujeres y niños, soldados o civiles... en Polonia, también en los Balcanes, en Creta, en el Cáucaso, en Stalingrado y finalmente en Italia. La carrera de Von Richtoffen estaba jalonada de victorias y de condecoraciones, pero también de miseria y de muerte.

—Yo fui. Lo hice. Todo. Y mucho más.

Las imágenes se seguían sucediendo hasta que Wolfram se quedó sin lágrimas. Convulso, se puso en cuclillas, temblando. Apretó los puños.

—¡Soy culpable! —gritaba a la sorda entidad que gobernaba aquel túnel de los horrores—. ¡Ya sé que lo soy! He llevado esta carga durante treinta años. Cada día que me levantaba y me miraba en el espejo veía el rostro de un asesino. Pero estoy aquí para deshacer mi error. Para enmendar una pequeña parte del daño que hice. ¡Déjame hacerlo y termina con esta tortura!

La oquedad se cerró. El horizonte de eventos había desaparecido. Pero unos metros más allá se estaba abriendo uno de aquellas ventanas a las simas más profundas del infierno. Wolfram se arrastró, ahora de rodillas, a través del lodo de aquel gusano estrecho y ennegrecido que se parecía tan poco al de Sañudo. En su puño derecho llevaba el artículo que había rescatado de entre los papeles de Schwarzschild. Se aferraba a él como el náufrago a su tabla de salvación.

—¡Oh, por Dios!

Esta vez, lo que vio le echó hacia atrás; se desplomó en el suelo. Allí estaba de nuevo el mismo, en el monte Oiz, con su uniforme de la Legión Cóndor y sus prismáticos, pero esta vez le acompañaba el General Mola. Y es que Emilio Mola Vidal era uno de los máximos líderes del ejército rebelde, aunque su rostro abúlico, sus gafas y su mirada grave, le daban un aspecto más de oficinista que de militar.

—¡Oh, no, por Dios! —repitió Wolfram, desde el interior del gusano.

Porque el Wolfram que había aparecido antes sus ojos se reía por obligación de un comentario jocoso de Mola mientras centenares de personas en Guernika morían abrasadas, mientras la ciudad era arrasada hasta los cimientos. Sí, así había sucedido, Mola se regodeaba en la contemplación de aquella carnicería. Y Wolfram estaba a su lado, lamentando el momento en que dijo la palabra "Guernika" y selló el destino de todas aquellas pobres almas.

Pero entonces algo sucedió. El rostro de Von Richtoffen se convulsionó cuando la náusea le subió desde la boca del estómago. Allí despertó la conciencia del hombre, allí el hombre tomó el lugar que antes ocupara sólo el monstruo. Algo le impedía seguir viendo aquella infamia. Así que Wolfram se excusó con el general, corriendo hacia la pista y tomando su aparato, un Henschel de reconocimiento. Le siguió su ayudante, Vorbe Wusste, en un segundo aparato, preocupado por la extraña conducta de su superior.

Y volaron sin rumbo, Von Richtoffen lejos del monstruo en el que se había convertido. Vorbe Wusste tras él, intentando descubrir a dónde se dirigía. Nunca se encontraron, pero Wolfram llegó a un pueblo de montaña en Asturias, donde los Teseractos habían sido llamados y donde aquella alucinación preñada de viajes temporales comenzó a cobrar forma.

—¡Por favor, por favor! Terminad con esto.

Wolfram ya no miraba el horizonte de eventos. Allí no había nada que ver. Pero una voz conocida le hizo volverse. Hitler estaba hablando, con su tono de voz desgarrado, severo, infame, de costumbre. Se quejaba de los errores de sus mariscales, del vuelco que había dado la guerra mundial desde que había puesto a aquellos inútiles al frente de sus antaño invencibles ejércitos. Estaban en la Guarida del Lobo, el día que un atentado casi le cuesta la vida a Hitler y acabó en cambio con la de un hombre bueno como Brandt.

—Esto no es importante —sentenció Wolfram, incorporándose del suelo—. Hitler no es importante. Incluso Brandt era más importante que él. Ganó una medalla en hípica en unas olimpiadas, era un atleta, un luchador, una persona que merecía vivir. Son ese tipo de personas las que cuentan. No los Hitler, los Goering, los Bormann, los Himmler, los Goebbles.

Al fin lo había entendido. Por eso el Teseracto mostraba en ocasiones aquel lugar, no porque fuera importante sino porque no lo era en absoluto y no entendían porque Karl regresaba a la Guarida del Lobo buscando sus diez minutos. Allí no los encontraría. Allí no había nada más que un grupo de asesinos de uniforme. Los hombres, en su soberbia, piensan que sus grandes caudillos le importan al universo, al tiempo, a los gusanos que lo habitan. Pero Hitler no es nadie en los millones y millones de años de historia de las estrellas. Sólo otro loco que causó la destrucción de sus semejantes.

Wolfram sacó su reloj de precisión, su viejo Glashütte, y lo colocó a las dieciseis horas y cuarenta minutos en punto. La hora de su particular descenso a los infiernos.

—¡Llévame al lugar donde están ellas! —le gritó al Teseracto—. Llévame a ese lugar que es más importante que Hitler, que las guerras y que los hombres que las libramos. Llévame al lugar de mi redención y de mi muerte.

Furioso, cogió el artículo que guardaba en su puño y lo lanzó al aire, donde flotó levemente antes de caer en aquel pasillo embarrado que era el vientre del gusano. Wolfram leyó de nuevo el titular que le había hecho entender cuál era su verdadero lugar en ese laberinto sinuoso que es la historia.

Nuevo El País, doce de abril del año 2040 *(Noticia de portada)*: "Los viajes en el tiempo están a punto de hacerse realidad" (Uxue Urbizu, la primera española en ganar el premio Nóbel de Física e investigadora jefe del proyecto Guernika, afirma que en menos de dos años podrá establecer contacto y alcanzar una forma de entendimiento con los Teseractos que habitan la cuarta dimensión)

Y, por fin, las entrañas del gusano le mostraron el lugar donde expiaría sus pecados.

22

DIECISEIS HORAS Y CUARENTA Y UN MINUTOS
(26 de Abril de 1937)

Wolfram aspira el aire fresco de la montaña. Llena sus pulmones, toma fuerzas de alguna parte y comienza una loca carrera hacia Guernika. El Pueblo se insinúa no demasiado lejos, a menos de doscientos metros. Incluso le parece entrever el edificio de la estación de tren. No sabe cómo hará para encontrar a Pilar y Uxue, a la familia Urbizu y su casa, pero lo conseguirá. Está seguro de ello. Pero sólo tiene diez minutos.

Pilar, su esposa, le había explicado una y mil veces cómo, nada más ver el primer avión alemán, su hermana y ella se refugiaron en un pequeño espacio secreto, donde guardaban sus muñecas, en el desván de la casa. Desde allí, oyeron las campanas tocar a arrebato, las primeras bombas, los gritos de sus vecinos.

Fueron los diez minutos más angustiosos de su vida, decía siempre.

23

DIECISEIS HORAS Y CUARENTA Y DOS MINUTOS
(26 de Abril de 1937)

Wolfram sigue corriendo. El río Oka queda a su espalda, discurriendo ajeno a las locuras de los hombres. Delante, las vías del tren, que cruza a la carrera, esquivando una lluvia de balas. Los milicianos vascos que custodian la ciudad deben haberle visto y disparan otra ráfaga. Wolfram aprieta el paso y penetra en el pueblo, perseguido por unas voces que le exigen que se detenga. Pero no lo hace.

Sigue pensando en Pilar y Uxue, solas en el desván, acurrucadas la una junto a la otra. Un minuto antes habrán visto un avión sobrevolando el pueblo y han ido a esconderse. Eso le había contado Pilar que sucedió y eso vuelve a suceder.

Wolfram sabe lo que significa ese avión porque él dirigió en el pasado aquella misión con el nombre en clave de Operación Rügen. El Heinkel 111 del Oberstleutnant Von Moreau ha sido el encargado de hacer el vuelo de reconocimiento y el bombardeo preliminar. Ahora se ha marchado, pero volverá con el resto de su escuadrilla para borrar a Guernika del mapa.

24

DIECISEIS HORAS Y CUARENTA Y TRES MINUTOS
(26 de Abril de 1937)

Un hotel destruido. La fachada se ha derrumbado y muestra las habitaciones de sus huéspedes, que se caen a pedazos contra la acera. Algunos caen y se estrellan contra el suelo, que ya está cubierto por la sangre de aquéllos que tuvieron la mala fortuna de pasear cuando el comandante Von Moreau hizo su última pasada sobre la calle.

Wolfram sigue su frenética carrera. Sabe que su destino está más allá, sólo un poco más allá. Pero le falta tiempo. Piensa en Von Moreau y traga saliva, consciente de que la historia está ya escrita. El comandante de la escuadrilla experimental Versuchsbomberstaffel VB/88 debe haber dado ya la orden de atacar al resto de sus hombres. En breves instantes el resto de aquellos demonios descargará su furia sobre las calles, como unos dragones venidos del mismísimo infierno.

Mira su reloj. Han pasado dos minutos y cincuenta nueve segundos.

25

DIECISEIS HORAS Y CUARENTA Y CUATRO MINUTOS
(26 de Abril de 1937)

Wolfram se detiene a recuperar el resuello. Los milicianos que le perseguían han desaparecido. Hay demasiados muertos, demasiada confusión, como para preocuparse de un civil extraño que corre aparentemente sin rumbo. Son muchos los que corren huyendo de las bombas, señalando a unos aviones que vuelan en círculos sobre sus cabezas. No saben que son Messerschmitts bf 109, cazas de apoyo, cuya misión es dar cobertura a los bombarderos que están a punto de llegar.

Pero el viejo mariscal del Reich sí lo sabe, y vuelve a echar a correr. Aquellos aviones, aunque poderosos, no son un peligro ahora mismo, pero la aguja del reloj avanza a unas zancadas todavía más rápidas que las suyas. Su pobre y cansado corazón se queja, gritando: "¡Por Dios, tienes setenta años!". Pero Wolfram le susurra que sólo necesita un paso más, otro paso más.

Una arcada le sube por la boca del estómago, pero Wolfram sigue corriendo, como si su cuerpo ya no le perteneciera. Su determinación es demasiado grande.

26

DIECISEIS HORAS Y CUARENTA Y CINCO MINUTOS
(26 de Abril de 1937)

Un resplandor blanco que titila, más tarde un reflejo rosado bajo el palio siniestro del silbido de las bombas. El resto de bombarderos de la escuadrilla experimental de Von Moreau han llegado por fin. Artefactos incendiarios dan de lleno en la explanada del mercado ferial, donde gentes venidas de los contornos lo abarrotan intentando vender sus mercancías y no morirse de hambre en medio de esa infame guerra civil que está matando a los españoles de ambos bandos.

Wolfram asiste, anonadado, al terrible espectáculo, a las dantescas explosiones que iluminan la plaza como si se tratara de macabros fuegos artificiales. Un asno mitad carne mitad tea encendida pasa chillando un dolor indescriptible y luego se consume entre nubes de fósforo.

Alguien ha prendido fuego a los hombres. Los niños se abrasan. Sus madres perecen calcinadas mientras tratan de abrazarlos.

El universo está ardiendo.

27

DIECISEIS HORAS Y CUARENTA Y SEIS MINUTOS
(26 de Abril de 1937)

¡Bombas incendiarias! El peor de los inventos que ha parido el hombre. Engendros, abominaciones de apenas unos pocos kilos de peso, que estallan y hacen estallar a todos ser vivo con ellas. Una monstruosidad contra las leyes de la naturaleza. Un crimen utilizarlas contra la población civil. Un crimen que ha cometido Wolfram en persona, porque fue él quién ordenó el uso de aquellas máquinas de picar carne, de quemar carne, aquellas calcinadoras de huesos.

Un jefe de escuadrilla se sorprendió de que se utilizaran bombas incendiarias en aquella misión pero su superior, el teniente coronel Von Richtoffen, quería dar una lección a aquellos rojos vascos irreductibles.

El olor a carne quemada es tan fuerte que, por un momento, se lleva el caudal de los recuerdos. Wolfram huye del mercado tapándose la nariz, trastabillando con extremidades humanas, rojos muñones escaldados que le señalan el camino a seguir.

28

DIECISEIS HORAS Y CUARENTA Y SIETE MINUTOS

(26 de Abril de 1937)

Ya debe estar cerca. Pilar le ha dicho que su casa estaba entre el mercado y la Casa Juntas, donde está plantado el árbol que simboliza la libertad de aquellos valientes vascongados a los que está quemando vivos. Siguen cayendo las bombas y antorchas humanas le salen al paso, aullando, rodando por el suelo, intentando apagar el aluminio que reacciona con el óxido de hierro sobre sus cuerpos y les consume. ¡Qué gran invento aquellas bombas incendiarias que explosionan al caer al suelo para que no se escape ni un sólo civil! Wolfram remueve la cabeza. Trata de concentrarse. Su objetivo puede ser cualquier calle de esas que están sucias de sangre, o tal vez debiera girar en aquella esquina que escupe polvo y fuego por una última deflagración. En todas y cada una podrían estar Pilar y Uxue esperándole. ¿Cómo pudo creer que encontraría el lugar en medio de aquel caos?

Por un momento, cree que la va a ser imposible.

29

DIECISEIS HORAS Y CUARENTA Y OCHO MINUTOS
(26 de Abril de 1937)

De pronto, está delante de una casa. ¿Y si fuera así de sencillo? Y si estuviera buscando aquella vivienda con un tejado a dos aguas y una fachada sencilla, con tres macetas perfectamente alineadas en cada una de las ventanas. Entonces descubre qué le ha llamado la atención en aquella casa. Recuerda a Pilar hablándole de su madre, de cómo plantaba tres macetas de cardo silvestre. Siempre tres en cada alféizar. Porque eran otro símbolo como el árbol de Guernika, pero en este caso un símbolo de la luz, esencial para los antiguos vascos.

Wolfram entra en la casa. Sabe que no hay adultos en la casa. Sabe que aquellas horas los padres de Pilar y Uxue están en los campos, que nunca regresarán pues fallecieron ametrallados por los cazas alemanes que antes viera moverse en círculos sobre el cielo de la ciudad.

—¡Pilar! —grita, con toda la fuerza de sus pulmones.

Pero no obtiene respuesta.

30

DIECISEIS HORAS Y CUARENTA Y NUEVE MINUTOS
(26 de Abril de 1937)

Peldaño a peldaño, Wolfram avanza camino del segundo piso y luego del desván. Sabe que si se ha equivocado no tendrá tiempo de enmendar su error. Afuera, el sonido de las bombas no cesa, los chillidos de los heridos se reproducen, como eco que reverbera en su cerebro.

El desván es en realidad una tercera planta inacabada, un espacio abuhardillado, repleto de cachivaches, al que se accede por una escalera de mano. Al fondo, ve la casa de muñecas, de madera basta y sin pintar, apenas amueblada con un par de armarios diminutos que debe haber tallado el padre de las pequeñas.

—Es preciosa vuestra casita de muñecas — susurra Wolfram a los dos niñas que tiemblan aferradas entre sí, mirándole con unos ojos enormes y aterrorizados.

Su español no es muy bueno y pensó que lo había olvidado hasta ese instante. Pero las niñas le entienden, aún con su acento de viejo soldado alemán.

—Sí, es muy bonita —dice Uxue Urbizu.

31

DIEZ MINUTOS PARA UNA ESTRELLA FUGAZ

(26 de Abril de 1937)

Uxue sólo tiene cinco años, pero abraza de forma protectora a su hermana de siete. Es un ser de una voluntad y una fuerza extraordinarias. Alguien que debe sobrevivir a toda costa a las guerras inútiles de los hombres.

—He venido para salvaros. Pero tenéis que hacer lo que os diga. ¿De acuerdo? —les explica Wolfram, inclinándose y ensayando una sonrisa que no le sale demasiado bien.

Pilar y Uxue se miran. No entienden porqué pero se sienten seguras junto a aquel desconocido. Es como si, de alguna forma, no fuera en absoluto un desconocido. Es la pequeña la que responde.

—De acuerdo.

Por un momento, Wolfram piensa en decirles la verdad. Pero pronto comprende que es una estupidez. ¿Qué podría decir? ¿Que una bomba caerá sobre ellos en cuestión de segundos?, ¿que en la realidad de la que él proviene, Uxue saltó sobre su hermana para socorrerla y con su cuerpo amortiguó el pesó de una viga del tejado, que se desmoronó sobre ellas? También podría decirles

227

que huir del desván hacia cualquier otro lugar sería un error. No sabe dónde caerán las bombas ni qué casas quedarán en pie. Tal vez las salvara de esa bomba para llevarlas a la muerte al minuto siguiente camino de cualquier parte.

No, no les dirá la verdad porque la verdad es que ha venido a morir por ellas; tal vez en primer lugar por Uxue, pero también por Pilar, que podrá crecer con la hermana que nunca tuvo y siempre echó de menos. Wolfram será quién amortigüe el peso de la viga con su espalda, quién soporte los cascotes, quien reciba sobre su espalda los rescoldos ardientes de las bombas incendiarias que él ordenó utilizar.

Ése es su castigo. Y su penitencia.

—Venid aquí —dice, sencillamente.

Y las abraza, las arropa con su piel arrugada de viejo luchador de los cielos. Ellas acaban cubiertas completamente, protegidas bajo su regazo. Al fin y al cabo, son unas niñas pequeñas y él un hombre de casi un metro noventa de estatura.

—¿Qué es eso? ¿Qué es esa luz blanca? —dice Uxue, encontrando un hueco sobre los hombros de su salvador para mirar por la claraboya que ilumina el desván.

Wolfram sabe lo que es. Es el destello de las bombas de los Heinkel, que sobrevuelan la casa. Muy pronto el destello blanco se volverá carmesí, el aire se llenará de oxido y todo estallará entre columnas de fuego.

—Son estrellas fugaces ¿Nunca habéis visto una, Pilar, Uxue? ¿No sabéis lo que hay que hacer?

Las niñas niegan con la cabeza.

—Es muy fácil —dice Wolfram, besando la mejilla de Pilar, de la mujer que tal vez ya nunca conozca, ni ame, ni le convierta en un hombre mejor—. Cuando uno ve una estrella fugaz debe cerrar los ojos y pedir un deseo.

—¿Un deseo? —preguntan las dos niñas a coro.

Un sonido reverberante, un relámpago cegador. Las manecillas del Glashütte marcan inmisericordes las cuatro y cuarenta y nueve minutos. El segundero pasa de cincuenta. Cincuenta y uno. Cincuenta y dos. Cincuenta y tres.

—Sí. Este es el momento. ¡Pedid un deseo! Os prometo que se cumplirá —las apremia Wolfram.

Son sus últimas palabras, que pronunció mientras pedía a Dios y al Teseracto que las niñas se salvaran. Su deseo, el único que fue solicitado a tiempo, estaba predestinado a cumplirse.

Una estrella fugaz descendió en ese momento de los cielos y se llevó su conciencia en volandas camino del infinito.

LIBRO CUARTO:

FRANCISCO FRANCO

32

EL DISCURSO DE FIN DE AÑO
(1963)

El caudillo de la España "grande y libre" de principios de los años sesenta era también el caudillo de la televisión. Los "viva a Franco" y las adhesiones al régimen se repetían hasta el bochorno y el dictador disfrutaba de una antena telescópica privada para que la señal en el Palacio del Pardo fuese siempre lo más nítida posible. Televidente compulsivo, durante sus convalecencias en el hospital pedía al despertarse tras una operación, en primer lugar, que le pusiesen una televisor a la vista. Había ministros preocupados por que apenas tenía tiempo para despachar los asuntos urgentes, ya que necesitaba el resto del día para ver la televisión.

Pero había una cosa que Franco amaba más que la caja tonta: el fútbol. Años más tarde, durante el mundial del setenta y cuatro, tuvo que ser ingresado por una trombosis luego de que, contraviniendo las recomendaciones de ejercicio de sus médicos, se sentara a ver ininterrumpidamente todos los partidos del campeonato.

La única vez que en un discurso hablara de la televisión, dijo que "debía ser utilizada con noble fin, porque nada aprovecharían los avances de la técnica si no se ponen al servicio de la Verdad, la justicia y la cristiana Hermandad". Y el "noble fin" al que se refería el caudillo era, fundamentalmente, el fútbol. El deporte rey debía ser el opio del pueblo, la válvula de escape para una sociedad anclada en el vasallaje a los jerarcas, la falta de libertades y la injusticia social.

Por ello llevaba años preocupando a Franco el no poder utilizar aquel medio de comunicación tan poderoso al servicio de la propaganda de su régimen. Todo por culpa de ese equipo separatista, del F.C. Barcelona que, liderado por el tándem soñado Kubala-Di Stéfano, ganaba una Copa de Europa tras otra con una voracidad que superaba lo imaginable.

Llevaban ya nueve copas cuando el dictador tomó asiento tras la mesa de su despacho para hacer su habitual alocución de fin de año antes las cámaras. Prohibió, como era su costumbre, que le maquillaran y felicitó las Pascuas a los de técnicos de televisión española que le rodeaban, solícitos, preparando hasta el último detalle para que la retransmisión fuera perfecta.

—Estoy listo —dijo Franco—. Cuando gusten podemos empezar.

Se sentía contento. Casi exultante, Al fondo, Manuel Fraga Iribarne, ministro de información y Jesús Aparicio Bernal, director de RTVE, dirigían los entresijos con mano firme, daban órdenes y contraórdenes y se preguntaban porqué sonreía el caudillo cuando el escrito que debía leer era bastante más duro y rotundo que años anteriores. La razón era el rechazo internacional a la ejecución del dirigente comunista Julián Grimau, que había sido condenado a muerte por un tribunal militar en un juicio donde no se respetaron las más elementales garantías procesales. Franco había negado el indulto pese a las presiones internacionales y hasta de la Santa Sede. De hecho, llevaba todo el día de muy mal humor, quejándose de que terceros quisieran intervenir en la política española.

Pero, de pronto, sonreía como un colegial ante una golosina. Y nadie entendía la causa. Sólo el Generalísimo la conocía.

33

CASIMIRO
(1963)

Una hora antes, Franco había recibido una visita inesperada. Era un vaquero asturiano, un sencillo pastor de vacas llamado Aníbal Valdés que había conseguido una audiencia debido a que los servicios de inteligencia militar (CESIBE) habían comprobado que poseía un don impensable: era capaz de viajar en el tiempo. Al principio, Franco creyó que se trataba de una broma, pero al parecer, se habían hecho pruebas mandándole unos minutos atrás y adelante en el tiempo. Los resultados eran, aparte de increíbles, concluyentes.

—Cuénteme, señor Valdés —dijo el Caudillo, todavía remiso a creer aquella historia estúpida de viajes en el tiempo, y pensando en realidad en su próxima aparición televisiva, en el fin de año que se avecinaba, en los regalos para su familia y en todas esas cosas que lucubramos ansiosos los seres humanos con motivo de las fiestas navideñas.

Aníbal Valdés era un hombre enjuto, de rostro afilado y pelo entrecano. Visiblemente nervioso, se aclaró la garganta, dio las gracias a su excelencia por la oportunidad que se le brindaba y volvió a dar las gracias. Luego mostrar por tercera vez su gratitud, le explicó que muchos años atrás, siendo él un crío, llevó a pastar unas vacas por el pueblo de La Presa. Parecía un día cualquiera, pero resultó no serlo en absoluto. A media tarde descubrió en la finca de los Huerta a un grupo variopinto de personajes. Estaban en plena guerra civil y la vivienda llevaba abandonada un mes al menos porque la familia se había marchado a Langreo, donde pensaban que estarían más seguros. Por eso le extrañó que alguien la frecuentase. Pensó primero en llamar a la guardia civil o a las milicias, pero antes quiso cerciorarse de que no fueran unos familiares o unos invitados de los Huerta y fuese a quedar como un imbécil ante la autoridad.

Lo que vio en las dos horas siguientes cambiaría su vida para siempre.

Primero apareció un hombre lleno de tumores en la cara que venía de una loma cerca a Tudela Veguín. Ese hombre caminaba hacia la casa de los Huerta y regresaba al punto de partida. Lo hizo catorce veces, dos cada hora para al fin no volver y quedarse en los alrededores de la casa.

Al poco apareció un soldado republicano con una libreta en la mano, que comenzó a tomar apuntes sobre una alberca, en la parte posterior de la casa donde estaba el de los tumores.

Más tarde reapareció el hombre con bigote, el de los tumores, y comenzó a aparecer y a desaparecer de la nada a voluntad, en ocasiones espiándose a sí mismo, pues llegó a haber varios, uno con tumores y vestido como un soldado antiguo, otro con menos tumores y con traje, y finalmente el que tenía muchos tumores y el traje manchado de barro, situados en diferentes puntos entre la casa de la Huerta y la loma de la que partiera inicialmente.

Un rato después, volvió a aparecer de nuevo el republicano que tomaba apuntes, pero esta vez sin libreta y vestido con bata de científico. El de los tumores lo mató de un tiro en el cuello y trató de matar a otro hombre que no vio bien, pero que marchaba tras el primero. Por suerte para él, consiguió huir. Lo más sorprendente es que poco después volvió a aparecer el republicano, esta vez sin libreta ni bata, vestido de calle, y estuvo hablando con el de los tumores largo rato, con el muerto a los pies de ambos. Al final, el de los tumores le entregó la pistola con la que le había matado minutos antes y desapareció, quedándose sólo el asesino, que al cabo de un rato se marchó también luego de ver llegar a un aviador alemán, que aterrizó de mala manera en medio de la montaña y estuvo llorando y lanzando maldiciones antes de volver a su aparato y marcharse.

Por si esto fuera poco, llegó también un segundo aviador algo más mayor que el primero, y más tarde otro anciano, pero no en avión sino apareciendo de la nada, como el resto de protagonistas de aquel enredo. Vestían, estos dos aviadores sin avión, de paisano, pero Aníbal hubiese jurado que eran cada uno de ellos el mismo tipo que había descendido de los cielos y no su padre y su abuelo, como sería más lógico suponer.

Todos juntos entraron en la casa y se persiguieron a tiros. Aníbal les perdió de vista dentro de la vivienda pero al cabo reaparecieron. Fue entonces cuando el hombre vestido de soldado republicano, de miliciano, vaya, el que tomaba apuntes, apareció de nuevo en la versión de edad madura, pero esta vez herido en una oreja y magullado. Aún en ese estado, salió a la calle por detrás de la casa y asesinó a su yo más joven, que seguía tomando apuntes en la alberca desde el principio de toda la historia, concentrado y ajeno a cuanto sucedía a su alrededor. Luego se suicidó. Acto seguido, el de bigote y tumores, acompañados de los dos aviadores sin avión, subieron la loma y se marcharon. La montaña estaba llena de dobles de unos y de otros, que vagaban, se escondían, se mataban o desaparecían.

Aníbal pensó que se había vuelto loco. Llevaba horas dando vueltas al pueblo de La Presa en compañía de sus tres vacas, tenía los ojos como platos, y estaba seguro que aquel mismo día le ingresarían en un psiquiátrico. Pero, de pronto, todo aquel embrollo tocó a su fin. El miliciano que tomaba apuntes estaba muerto, su doble más mayor yacía a su lado, muerto también, y los otros se habían marchado: un aviador en su aparato, los otros desapareciendo en la nada, en medio de la espesura, y los hombres con bigote también, uno detrás de otro, como si hubiera un agujero que se los tragase.

Al cabo de un rato, Aníbal se armó de valor y fue con su ganado a la finca de los Huerta. Allí comprobó que los muertos estaban bien muertos y que habían dejado de aparecer dobles. Estaba todo tranquilo, como si allí no hubiese pasado nunca nada aparte de un asesinato y un suicidio, que no era poca cosa. Dentro de la casa había papeles, diseños, ecuaciones, escritos diseminados por todas partes, pruebas de que aquellos hombres habían estado allí y que Aníbal Valdés, después de todo, no estaba loco. Asimismo, una parte de él se dio cuenta que allí había pasado algo importante, algo que podía convertirle en un gran hombre, en un sabio. Eso, claro está, si era capaz de leer y descubrir lo que ponía en aquellos papeles.

—¿Y esos hombres de la montañas, quiénes eran?
—dijo Franco, que había asistido a las explicaciones de su interlocutor con perplejidad primero, con verdadero asombro más tarde y, poco a poco, tenía que confesarlo, con interés, como el que sigue un culebrón radiofónico.

—Viajeros del tiempo, Excelencia. Gente que venía del pasado o del futuro y que se habían peleado allí, mientras intentaban evitar algún peligro que nunca sabremos.

Franco juntó las manos, como si reflexionase. Era una historia increíble, pero muy sugestiva. Comenzó a pensar en qué podría beneficiarle la posibilidad de ir atrás o adelante en el devenir de la historia de la humanidad, en caso de que ello fuera posible.

—¿Y qué hizo entonces, señor Valdés? —inquirió entonces el Generalísimo.

—Hice lo único que podía hacer —explicó Aníbal—. Enterré a los dos republicanos. Primero al que tomaba notas, que me guardé en la chaqueta, y luego al doble algo más mayor que lo asesinó. Y, ah, se me olvidaba, también di cristiana sepultura al tercer republicano, al que muriera de un tiro en el cuello en la loma, al principio de todo. Acto seguido cogí todos los papeles que había en la casa y la limpié con cuidado de rastros de sangre, casquillos de bala... en fin, de cualquier cosa que pudiese hacer sospechar a la familia Huerta cuando regresasen que allí había sucedido algo fuera de lo común.

Aníbal, muy ufano, explicó entonces que durante un cuarto de siglo había estudiado la información incautada de forma autodidacta. No le había sido fácil, porque si bien las notas del republicano estaban en español, los papeles del interior de la casa los habían escrito en alemán, que suponía él que debía ser la lengua del tipo con bigote y tumores.

Con el paso de los años, comprando libros en alemán a un trapero, más tarde gracias a un amigo que trabajaba en la Nueva Biblioteca Universitaria de Oviedo (la anterior había sido destruida en la revolución asturiana del año treinta y cuatro), pudo ir avanzando en la comprensión de todo el material que había recuperado. Finalmente, un año atrás, en mil novecientos sesenta y dos, completó sus estudios y conoció al gusano.

—¿Un gusano? —se sorprendió Franco.

—Sí, Excelencia, el viaje en el tiempo no se realiza en una máquina sino en un gusano.

Cuando vio que el Generalísimo ponía mala cara, Aníbal tosió, pidió un vaso de agua y bebió de un trago su contenido, atragantándose un par de veces mientras daba las gracias al hombre del traje negro del CESIBE que se lo había traído, un tipo de muy malas pulgas y acento alemán que respondía al nombre de Vorbe Wusste. Había dos más de aquellos tipos, también vestidos de negro riguroso, que asistían a la conversación desde el otro extremo del despacho. Eran unos hombres de esos de mirada fría, como de hielo; a Aníbal le causaron desconfianza de forma instintiva.

—Debe entender, Excelencia —prosiguió por fin, no tan calmado como habría deseado—, que yo soy pastor de vacas y conozco bien a los animales. Yo creo que por eso el hombre de los bigotes y el republicano fallaron a la hora de montar al gusano. El primero sabía mucho de cómo utiliza la energía el gusano para viajar atrás o adelante en el tiempo, pero el que yo sepa cómo funcionan los estómagos de mis vacas no va a hacer que las cuide mejor. El segundo había entendido que el gusano era un ser vivo, y lo llamaba Teseracto, pero seguía sin tener claro que los deseos de la bestia no tienen por qué coincidir con los de su pastor, si me permite la analogía, Ilustrísima. El republicano sabía que el gusano estaba vivo pero no lo trataba como tal sino como una máquina tonta capaz de algunas funciones y razonamientos básicos.

—Me está diciendo, pues, que su máquina del tiempo es un ser vivo e inteligente — razonó Franco, sin perder su gesto de suspicacia.

—Así es, Excelencia. En realidad, yo estoy convencido que durante aquella jornada en que vi a los dos científicos ir y volver desde diferentes épocas de sus vidas, el gusano les estaba engañando.

—¿Engañando?

—Bueno, tal vez engañar no sea la palabra más exacta. Los animales no poseen los malos instintos que tenemos los humanos. Ellos tienen hambre, sed, sueño, cansancio, y esas sensaciones básicas les guían. Yo mismo tengo una vaca, Leovigilda, que siempre se marcha a pastar a los terrenos de Arbesú. El camino es malo, está muy arriba en la montaña y hace mucho frío, pero a ellas le gustan aquellos pastos y se me escapa a menudo.

Franco comenzó a pensar que estaba perdiendo su precioso tiempo con un charlatán que tenía una vaca con nombre de rey godo. Pero se quedó a la espera. Él era un hombre de poderosa intuición, tal vez la mayor de sus virtudes, y algo le decía que pese a todo debía seguir escuchando.

—Los gusanos son como mi vaca —decía entonces Aníbal Valdés—. Ellos tienen sus necesidades. No voy a decirle, Excelencia, que entiendo todo lo que pasa por su cabeza, o lo que usen para razonar, pero creo que aquellos dos científicos estaban equivocados en todo. No existía un desastre que estuviera a punto de caer sobre el planeta: eran los gusanos. Alguna cosa que los gusanos consideraban muy importante no había sucedido y ellos intentaban que los humanos les ayudasen a que aquello pasara "de verdad". Para ello, aprovechando que ambos científicos les habían descubierto, crearon dos líneas temporales paradójicas entre sí para ver si en alguna sucedía aquello que tanto necesitaban. Cada vez que no conseguían que los científicos solucionasen el problema llevando al aviador a la época y el lugar exactos, volvían a

243

comenzar. Aquello que debían salvar era tan importante para ellos, que pusieron en peligro el universo entero.

Pero los científicos, en su vanidad, seguían pensando que eran sus experimentos los que destruían el mundo causando algo llamado Campos Baldíos que ahora sería muy largo de explicar, Excelencia. Así que se sacrificaron o se suicidaron o se asesinaron para nada, ya que el gusano sólo pretendía que el aviador hiciese lo que tenía que hacer.

—¿Y qué era? —dijo Franco

—Eso no lo sé, su Señoría, pero lo consiguieron, porque sino aún lo estarían intentando.

El Generalísimo inspiró lentamente y cerró los ojos. Seguía pensando en todo aquel extraño asunto, pero las repercusiones del mismo aún se le escapaban.

—A ver si lo he comprendido —dijo Franco—. Usted puede montar uno de esos gusanos y viajar en el tiempo.

—Sí.

—Usted dice que son como animales, que hacen cosas por sí mismos y que estuvieron a punto de destruir el universo conocido hace unos años.

—Más o menos es eso, Excelencia.

Aquel asunto, definitivamente, era demasiado para Francisco Franco, cuya capacidad para asimilar ideas nuevas era muy escasa. Seguía percibiendo que aquello podía ser importante, pero no podía entenderlo. Y todo lo que no entendía no podía ser valiosa para su España "grande y libre".

—Me parece, señor Valdés, que es todo de momento. Tal vez, en el futuro...

—Tengo aquí un gusano, Excelencia —dijo Aníbal, atreviéndose a interrumpir al Generalísimo, cuando percibió que su interés había disminuido—. Lo llamé mientras le esperaba y ya debe estar listo.

244

Franco dio un respingo y su silla cayó hacia atrás. Los tres agentes del CESIBE echaron mano al interior de sus chaquetas, donde brillaron unos revólveres en sus cartucheras. Aníbal, ajeno al peligro, se levantó tranquilamente de su asiento, camino dos pasos hacia la ventana y desapareció.

—¿Ha visto, Excelencia? —dijo un par de segundos más tarde, volviendo a reaparecer con una sonrisa de oreja a oreja.

—Aquellos dos científicos era unos mentecatos —prosiguió, ante la mirada atónita de Franco y de los agentes—. El español pensaba que para abrir el gusano se necesitaban aceleradores de partículas, estabilizadores o cosas raras que yo, por supuesto, no podría construir ni aunque me dieran el dinero suficiente. El alemán llamó al gusano por error y se paseó por su vientre creyendo que era una proyección mental subjetiva. Vaya par de necios. Los gusanos están en todas partes, sólo hay que conocer los fundamentos de su existencia y ellos abren un portal donde se quiera, en cualquier punto del espacio o el tiempo, porque piensan que los has llamado. Yo llamo al mío Casimiro, por el efecto Casimir, que es el principio básico de su fisiología, por así llamarla, del mundo en el que viven.

«Muchos grandes teóricos habrán trabajado en estas ecuaciones con un agujero de gusano abierto a pocos metros sin saberlo. Se necesitan unas fuerzas fabulosas para que el viaje en el tiempo sea posible, pero sólo en el universo de tres dimensiones, en el ahora que vivimos. Ellos viven en una sucesión de "ahoras", en un espacio cuadrimensional donde las energías son distintas. Por hacer una analogía, un hombre dentro de un coche, dibujado en una hoja de papel, un hombre en un coche de dos dimensiones, si existiera... no podría imaginar en qué forma el combustible fósil hace funcionar el motor de combustión interna que mueve un coche en nuestro universo de tres dimensiones. Le parecería que el petróleo es un invento increíble, imposible de reproducir. De la misma forma, nosotros, que vivimos en un universo de tres dimensiones, no podemos imaginar lo fácil que le resulta a mi Casimiro atravesar el espacio y el tiempo con su propio combustible de antimateria, como una manzana es atravesada sin más por cualquier gusano hambriento.

Franco se derrumbó de nuevo en su silla y contempló desde una nueva perspectiva a aquel hombre que tenía una vaca llamada Leovigilda y un gusano llamado Casimiro. Era un genio y a la vez un idiota, un hombre sin formación que se había hecho a sí mismo. Un ser admirable que, desgraciadamente, tenía que morir.

—Dígame una cosa, señor Valdés —dijo el Generalísimo—. ¿Sería entonces posible modificar un suceso del pasado?

—Oh, por supuesto —repuso Aníbal, muy ufano, pensando que por fin era escuchado, se le tendría en cuenta y alcanzaría la inmortalidad—. Ese fue otro de los errores de los científicos. Ellos pensaban que para el espacio-tiempo donde residen los gusanos sería decisiva, no sé, el asesinato de Hitler cuando era un niño, un final distinto para la guerra civil española...

—La Cruzada en defensa de la Religión y de la Civilización cristiana en España, habrá querido decir —le rectificó el Generalísimo.

—Eso... sí. Pues decía que para la cuarta dimensión es importante lo que tiene influencia en su entorno. Les importan un pimiento las cosas que consideramos decisivas aquí abajo y puede ser fundamental para ella una persona cualquiera que dentro de generaciones, su bisnieto o su tataranieto, vaya a contactar con un gusano e influir en la historia de su pueblo. El efecto mariposa del que hablan los teóricos se aplicaría a la cuarta dimensión no a la nuestra.

Franco seguía sin entender la mitad de las palabras que salían de la boca de aquel hombre delgado, obsesionado con los viajes en el tiempo y carcomido por el designio de ser alguien en la historia. Pero al Generalísimo no le importaba, porque comenzaba a rondarle una idea en la cabeza. Era una de esas ideas brillantes que tenía a veces, como cuando retrasó la ofensiva de Madrid para tomar el Alcázar, como cuando se le metió en la cabeza no intervenir en la segunda guerra mundial en favor de Alemania, precisamente en el momento en que todos pensaban que ya había ganado la guerra. Francisco Franco confiaba en sus intuiciones.

E hizo una llamada. Consiguió un teléfono e hizo otra. Tras otras dos llamadas ya tenía la información que necesitaba.

—Maravilloso, estupendo —decía Franco sin dejar de tomar apuntes.

Aníbal, de nuevo sentado en su silla, vio como el Caudillo hablaba de contratos, de veintisiete mil dólares, de derechos de cesión y cosas por el estilo. Siguió recabando datos hasta que se sintió satisfecho. Más tarde sacó papel de carta y escribió con sumo cuidado dos cuartillas enteras con una letra pequeña y puntillosa. Luego metió las hojas en un sobre, que cerró con cuidado. En el sobre escribió: PARA ENTREGAR AL GENERALÍSIMO EN PERSONA. Firmado: Francisco Franco.

—Tengo un misión para usted —dijo entonces Franco, entregando la carta a Aníbal, que la cogió con gesto reverente.

—¿Sí? ¿De verdad? ¿Le he convencido, Excelencia?

Franco meneó la cabeza.

—Por lo menos le voy a dar el beneficio de la duda. Pero antes, una cuestión. ¿Hasta qué punto es usted importante para los gusanos? ¿Es decisivo en la historia de su pueblo de cuatro dimensiones?

Aníbal se sorprendió de la pregunta, pero no comprendió la razón de la misma. Por desgracia para él, porque de hecho lo que el Generalísimo le preguntaba es si a los gusanos les preocuparía que un pastor de vacas asturiano desapareciese en un tumba anónima en el pasado.

—Bueno, yo apenas comprendo cómo funcionan —reconoció Aníbal, desde la modestia—. Mi formación no es la que tendría un físico universitario y Casimiro me deja viajar sobre sus lomos porque sabe que no soy un peligro para él ni para los suyos. Poco más. Así que no creo que yo sea importante...

—Estupendo —le interrumpió Franco—. En eso caso, le pido que ahora mismo entre en ese gusano suyo y haga su viaje en el tiempo. Tiene que entrevistarse con una persona.

—¿A dónde, excelencia? ¿Cuándo? ¿Y con quién debo hablar? —Aníbal estaba ansioso por agradar.

La sensación de haber tenido una de sus intuiciones se vio reforzada. El Generalísimo, según iba hablando, se dio cuenta que había vuelto a salvar a la Patria.

Era su destino.

—Tiene que venir aquí mismo, al Palacio del Pardo, y entregarme la carta a mí, a Francisco Franco. Eso sí, la carta debo leerla sólo yo, y debe ser el treinta y uno de diciembre de mil novecientos cincuenta y tres; hace exactamente diez años.

34

UNA PATRIA ENTRE BRUMAS

(1963)

La conversación con Aníbal Valdés había sucedido exactamente sesenta y dos minutos atrás en el tiempo. Y por eso Franco sonreía. Porque sabía que el tiempo era importante y que acaso, ahora, delante de las cámaras de la televisión, estaba a punto de decir sus última palabras. Si aquel extraño pastor ilustrado y jinete de gusanos estaba en lo cierto, un Francisco Franco más joven recibiría su carta y se sorprendería, no demasiado gratamente. El Generalísimo se conocía lo suficiente para saber qué sopesaría los pros y los contras de la propuesta de su yo futuro. A él no le gustaba actuar de improviso, sin haber mascado una línea de actuación durante largo tiempo. Pero al final haría lo que debía hacerse. Porque era Francisco Franco y él siempre hacía lo que debía hacerse.

Y entonces, aquel futuro de mil novecientos sesenta y tres desaparecería.

—Ya estoy listo para empezar —dijo Franco a los técnicos, exhibiendo la mejor de sus sonrisas.

Manuel Fraga Iribarne, vestido con un traje gris ajustado con corbata negra a rayas, que resaltaba su figura, ya un poco pasada de peso, se acercó al Caudillo y le dijo, en voz baja:

—¿Se encuentra bien, Excelencia?

Franco pestañeó. Se encontraba perfectamente. Es más se encontraba mejor que nunca. Su única duda era saber cómo iba a desaparecer su mundo, si iba a ser de pronto o tendría un lapso de unos segundos para ver cómo se difuminaba aquella España y renacía una mejor y más perfecta. También se preguntaba si recordaría aquellos años de más que había vivido y sus recuerdos se sumarían a los de aquel otro Franco más joven, o su memoria se perdería.

—Vamos, Manuel, vuelve a tu sitio, que tenemos que grabar el mensaje de fin de año.

Fraga hizo lo que se le ordenaba, removiendo la cabeza, y se situó detrás de las cámaras del NO-DO, junto a otras personalidades. Seguía sin entender la causa de la alegría del Jefe del Estado. El discurso tenía un carácter sombrío aunque animoso, y en él iba a quejarse de forma velada de la forma en que las potencias extranjeras criticaban la ejecución del comunista Grimau, haciendo luego hincapié en la economía, el esfuerzo nacional y demás sacrificios que caracterizaban a los seguidores de su régimen. Aquella inesperada jovialidad no era la mejor actitud antes de comenzar a hablar, máxime cuando la oratoria del Generalísimo era nefasta, marcada por una voz aflautada incapaz de la menor inflexión a la hora de vocalizar.

—Preparados... ¡Acción! —gritó un técnico

Por un momento, Fraga temió que Franco no estuviera a la altura. Pero eso no podía ser. El Caudillo siempre estaba a la altura. Recomponiendo el gesto y tiñéndolo de la gravedad que requería aquel mensaje institucional, dijo:

—Españoles, una vez más, hago llevar mi voz a vuestros hogares para hablaros de política —Franco había levantado la mano derecha para dar más gravedad a su aserto, Ahora la bajó—. Lo que no puede extrañaros, porque de la política, como arte de bien común, depende el bienestar moral y material de vuestra familia. Alguien carraspeó. Las cámaras se habían detenido.

—¿Pasa algo? —preguntó el Generalísimo.

—Se ha equivocado en dos palabras —le comunicó Fraga, con la cabeza gacha, como si el error hubiese sido suyo.

—¿Equivocado? —Franco había oído su frase inicial y le parecía que había pronunciado todo perfectamente—. Muéstrenme la grabación.

Hubo un movimiento de cámaras, de aparatos y de técnicos. Unos segundos después El Generalísimo pudo verse a sí mismo comenzando su alocución. Era increíble. Había dicho dos veces la palabra "fútbol" en lugar de la palabra "política", de tal suerte que se vio a sí mismo decir:

—Españoles, una vez más, hago llevar mi voz a vuestros hogares para hablaros de fútbol. Lo que no puede extrañaros, porque del fútbol, como arte de bien común, depende el bienestar moral y material de vuestra familia.

Francisco Franco se echó a reír a carcajadas. Todo el mundo se quedó de piedra, aunque algunos ensayaron unas sonrisas cómplices. Muy pocas veces reía Franco en público, y jamás de aquella forma tan estentórea.

Lo que no sabían es que no sólo se reía de su lapsus lingue; su hilaridad era también fruto de algo que sólo él veía desde su privilegiada posición. La parte posterior de su despacho había desaparecido, y con él dos cuadros con paisajes pasados de moda, unas horribles cortinillas que su mujer había escogido, un retablo y hasta un cámara despistado, engullido por una niebla espesa como la espuma.

Franco no sabía lo que eran los Campos Baldíos. Pero comprendió que su plan había dado resultado. Su yo diez años más joven había salvo a la Patria. Y ahora aquella bruma liberadora conduciría a los españoles a un futuro mejor, o a un pasado mejor que, en este caso, era decir lo mismo.

Además, por una vez no tendría que leer aquel maldito mensaje de fin de año. Con eso, ya se sentía recompensado.

35

LA CARTA QUE LLEGÓ AL PASADO
(2010-1953)

Siguiendo las directrices fijadas por la Ley de Memoria Histórica, el día 3 de diciembre del año 2010 Patrimonio Nacional remodeló las habitaciones que Francisco Franco y su familia habían utilizado en el Palacio del Pardo, y que se conservaban prácticamente intactas desde la muerte del Caudillo. Fueron muchos los objetos que se retiraron del palacio, para consternación de los turistas, que acudían interesados en conocer los aposentos privados del dictador, y también de no pocos nostálgicos del régimen. Entre los utensilios domésticos retirados destaca un enorme televisor de 32 pulgadas, de la marca Autovox, que siempre fue el preferido del Generalísimo, y que poseía desde el principio de la década de los cincuenta.

Lo que nadie sabe, y acaso nunca se descubra, es que dentro del citado televisor, en un pequeño espacio entre el tubo del color y la placa base, hay escondida una pequeña cajita que colocara allí el propio Francisco Franco. Si alguien encuentra el citado aparato y abre la caja podrá leer lo que sigue:

Estimado Paco

Te mando esta carta muy satisfecho por poder hablar contigo y decirte estas palabras, pues yo sé que eres hombre de orden, y sabrás obrar en beneficio del bien común. Y este bien común te exige otro sacrificio, uno que ensalzará tu figura como portador de esos valores eternos, que en nombre de Dios defendemos y también en el de España.

Pero antes debo revelarte que quien escribe estas líneas soy yo mismo, Francisco Franco, aconsejándote desde el futuro. Como sé que tienes un carácter cauteloso, en primer lugar voy a demostrarte quién soy, para apartar de la lectura de lo que sigue, toda sombra de duda.

¿Recuerdas aquella cueva que teníamos de niños en los montes de San Felipe, aquella que llamábamos de Alí Babá y en la que escondíamos tesoros que no eran más que canicas, cromos y naderías sin valor? ¿Recuerdas durante la revolución asturiana, cuando Yagüe

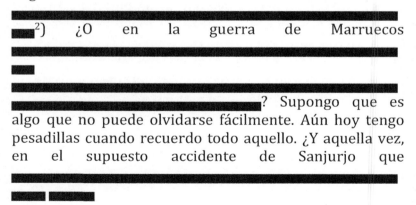

█████[2]) ¿O en la guerra de Marruecos

██████

█████████████████████? Supongo que es algo que no puede olvidarse fácilmente. Aún hoy tengo pesadillas cuando recuerdo todo aquello. ¿Y aquella vez, en el supuesto accidente de Sanjurjo que

███████ ████████

---

[2] █: Tachado con tal fuerza por el dictador que la tinta ha atravesado la hoja y sería imposible saber qué decía originalmente.

?

Bien, supongo que a estas alturas te habrás dado cuenta que estos cuatro sucesos sólo puedo conocerlos yo, es decir tú mismo. Y soy yo quién te dice que es el momento de volver a actuar en la salvaguardia de la grandeza de la Patria y del bienestar para nuestros hijos. Debes hacer lo que yo te digo, sin cuestionarlo, y en el orden que te lo pido:

1-   Ese hombre que tienes sentado frente a ti, tal vez sea un imbécil, pero es un imbécil con el don de viajar en el tiempo. Si tienes aún alguna duda de quién soy o de su poder, dile que te muestre el gusano en el que viaja. El idiota se llama Aníbal Valdés y posee unos conocimientos que son un peligro para el destino de nuestra nación. Debe morir.

2-   Otro Aníbal Valdés, diez años más joven, está estudiando la forma de viajar en el tiempo. Se halla en Asturias, no muy lejos de Oviedo, en un pueblo de montaña. No te resultará difícil encontrarlo. También debe morir, y su casa, sus estudios, todos sus papeles, tendrán que ser destruidos.

3-   Por último, debes hablar con Don Santiago Bernabeu, presidente del Real Madrid. El F.C. Barcelona acaba de fichar a un nuevo jugador llamado Alfredo Di Stéfano, que proviene del River Plate. Ahora bien, al jugador pertenece a Millonarios de Bogotá al menos durante este año próximo, en el que juega en calidad de

255

cedido. Enrique Martí, presidente del Barcelona, se negará a pagar los veintisiete mil dólares que le pide Millonarios para jugar este año en su club, como una fórmula de presión para que rebajen la cifra. Dile a Don Santiago que mande a un subalterno a Colombia (tal vez alguien de confianza como Saporta) y pague los dólares requeridos y denuncie a FIFA el fichaje del Barcelona. Luego encárgate de mediar en el asunto a través de algún comité y resuelve que Di Stéfano juegue en ambos clubes en años alternos, dos en el Madrid, dos en el Barcelona. Empezando por supuesto por el club de la capital. El orgullo de los catalanes hará el resto, pensaran que como tienen a Kubala siguen siendo invencibles y nos dejaran a Di Stéfano, sin saber que no es un gran jugador como sospechan sino el mejor jugador de toda una época.

Supongo que conocerás la Copa Latina, que aglutina a los campeones de varias ligas europeas. El Barcelona ha ganado ya la mitad de las ediciones de la misma, incluyendo la última que se ha jugado en tu realidad, la de 1952. Muy pronto, comenzará una nueva competición, mucho más importante, que se llamará Copa de Europa. En ella jugarán los campeones de todas las ligas del continente y con el correr de los años será el evento deportivo más importante de todos.

En mi tiempo, el Madrid no hizo nada por oponerse al fichaje de Di Stéfano y Millonarios acabó vendiendo al Barcelona sus derechos por quince mil dólares, comenzando una época gloriosa para los barcelonistas que les ha hecho ganar nueve Copas de Europa consecutivas. No hace falta que te diga los problemas que los separatistas me están causando por culpa de este asunto. Pero en tu tiempo, sabedor de la raíz del problema, puedes cambiar la historia.

Tú, una vez más, cambiarás para bien la historia de España.

El fútbol es lo más importante, más que la política, las guerras o la crisis económica. El fútbol lo es todo. Cada victoria del Real Madrid es una victoria de España. Cada victoria del F.C. Barcelona es una derrota. No debes olvidarlo jamás.

De victorias y de derrotas, en esa una lucha constante que es el devenir de los años, se ha ido forjando nuestra Patria. A cada batalla hemos resurgido más fuertes. Por eso el fútbol, el balompié, en tanto que lucha figurada de un ejército de once infantes, es capaz de tocar los corazones de nuestros ciudadanos como no puede hacerlo ningún discurso, ninguna desgracia o triunfo de la vida diaria.

Mientras el balón ruede y los hombres de nuestras ciudades pueden alzar sus manos en señal de victoria, no recordarán que esas manos están ajadas por trabajar de sol a sol, o que sus vientres están vacíos.

Mientras gane el Real Madrid los españoles estaremos unidos en único abrazo, camino de una meta común y con un sólo pensamiento: la grandeza de la Patria.

Gracias por haberme escuchado, Paco. Yo sé que harás lo que debe hacerse. Por que tú eres yo, y ambos somos el Caudillo de este pueblo.

¡Arriba España!

EPÍLOGO:

PRIMER CONTACTO (2042)

Delante de Uxue Urbizu un tablero de control titilaba entre luces rojas y azuladas. Ella parecía estar observando unas agujas estrechas y palpitantes, que danzaban sobre las esferas de tres instrumentos de medida cuyas cifras se inclinó a consultar, entretanto un ulular rítmico y estridente acompañaba el embate de cada una de aquellas manecillas y sobrecargaba la estancia de chiflidos discordantes. Musitó alguna cosa, como si rezase, y se acercó a una plataforma sobreiluminada por la que una suerte de mancha circular de casi dos metros de alto comenzó a dibujarse sobre la nada. El agujero parecía estar abriéndose por fin. Exultante, acarició la consola principal de la Plataforma Einstein-Rosen y finalmente abrió los brazos en señal de victoria. Luego retrocedió hasta sentarse una banqueta, como si las fuerzas le hubieran abandonado.

Al fin y al cabo, Uxue Urbizu, que aparentaba más de ochenta años, era un ser frágil en la última etapa de su vida. Porque el concepto de la edad física y la real estaba cambiando a mediados del siglo XXI. Ahora sólo se alcanzaba ese nivel de vejez pasados los ciento treinta años, precisamente la edad que tenía en realidad la única premio Nóbel de física nacida en España.

Y aquel era el día precisamente de su triunfo. El momento exacto por el que la historia la recordaría. Ella sería la primera persona en contactar con una civilización inteligente no humana. Y no había tenido que marchar a las estrellas, más allá de la Vía Láctea, camino de Andrómeda. Lo cierto es que no había tenido que moverse de su laboratorio en Guernika.

—El agujero se ha estabilizado —dijo Vorbe Wusste, uno de sus ayudantes. La voz sonaba clara y firma, pero algo nerviosa. Uxue se ajustó los auriculares.

—De acuerdo. ¿Tenemos señal de audio del Teseracto?

—Sí, doctora, el traductor está ahora trabajando en ello.

Uxue asintió. Cuando sus ecuaciones demostraron la existencia de los gusanos, y los primeros experimentos confirmaron las hipótesis, ella obligó a detener los ensayos hasta que consiguieran una forma de comunicarse con aquellos seres que habitaban la cuarta dimensión. Diez años estuvieron lanzando a la cuarta dimensión ecuaciones matemáticas, la constante de Planck, el número Pi y hasta un disco fonográfico con música de todas las partes del mundo y la palabra "Hola" pronunciada en todas las lenguas de la Tierra. La idea no era nueva; algo muy similar había llevado la sonda Voyager cuando salió camino del vacío interestelar en búsqueda de civilizaciones extraterrestres.

Durante ese tiempo, Uxue recibió presiones de todos los gobiernos, de todas las instancias, de todos los hombres poderosos del planeta, pera que abriera la puerta al otro lado y dejase de buscar una forma de hablar con unos seres que probablemente tenían la misma inteligencia que una ameba.

Pero Uxue dijo que esperaría diez años, porque no quería arriesgarse, y porque intuía que aquella historia estaba dominada por la magia del número diez: diez minutos, diez años, diez segundos.

—Si no conseguimos entendernos con los Teseractos, siquiera a nivel elemental, pueden surgir malentendidos que pondrían en peligro el tejido espacio-temporal que compartimos ambas razas", había dicho ante la asamblea de las Naciones Unidas, cuando ya llevaba seis años intentando descifrar el sonido chirriante y cacofónico que llegaba de la cuarta dimensión.

Y esperó hasta que pudo entender los rudimentos del lenguaje del gusano. Y luego un poco más hasta que las pruebas demostraron que el traductor universal funcionaba al noventa y nueve por ciento.

Porque ella quería que el Teseracto comprendiese a Uxue para que Uxue pudiera comprender al Teseracto. Ese sencillo razonamiento era lo que la hacía tan valiosa. Centenares de investigadores habían estado cerca de contactar con los gusanos, algunos como Sañudo, Schwarzschild o Aníbal Valdés, lo habían conseguido, pero ninguno se había detenido a pensar en ellos. Todos los veían como meros conductos, ascensores que llevarían a los viajeros del tiempo de aquí para allá. Sólo Uxue Urbizu, entre todos los científicos de todas las realidades posibles, se detuvo a pensar en qué querrían aquellos helmintos tetradimensionales, cuáles serían sus motivaciones... ¿Habría lugares que querrían visitar junto a los humanos? ¿Épocas que consideraban tabú? ¿Sucesos que su raza no quería ver cambiados ni observados? ¿Desearían en verdad iniciar algún tipo de relación con aquellos bípedos engreídos que habitaban un planeta superpoblado, con los recursos al borde del colapso?

Los Teseractos sabían que si Uxue no sobrevivía al bombardeo de su ciudad en mil novecientos treinta y siete, nunca conseguirían entablar un primer contacto con el hombre. Los malentendidos se sucederían, algunos a nivel cósmico y el planeta estaba condenado a destruirse.

Por eso, por increíble que pareciese, los gusanos consideraban a aquella humana como el ser más importante de los habitantes de la tercera dimensión.

Más que Hitler, que Stalin, que Franco, que Napoleón, que Julio César, que Alejandro Magno, que Buda o Jesucristo. En realidad, no sabían el nombre de ninguno de los hombres que acabo de nombrar. Pero sabían quién era Uxue Urbizu.

Ella era el puente entre mundos. El único ser irremplazable de la historia de la raza humana. Y pusieron al mundo en peligro para salvarla, porque sin ella no había futuro en todo el universo.

—Los Teseractos te saludan —dijo Vorbe Wusste—. Dicen: "Bienvenida, amiga. Hacía mucho que te esperábamos".

Uxue se incorporó. Sus ojos brillaban de emoción y por sus mejillas ajadas rodaron dos lágrimas. Sólo su ayudante le acompañaba en aquel momento decisivo de la historia de la humanidad. Vorbe Wusste la había ayudado más que nadie, ayudándole en todas las fases del experimento y aportando ideas valiosísimas. No estaría allí sino fuera por aquel científico austríaco tan gris, tosco, como voluntarioso y entregado a la causa.

—Diles que yo también llevaba mucho tiempo esperando este momento. Demasiado —murmuró Uxue, sintiendo por un momento que desfallecía.

Porque un genio encerrado en un cuerpo decrépito. La habían operado dos veces de cáncer y una a corazón abierto. Tenía dos órganos biónicos y uno regenerado con células madre. El Cáncer había regresado voraz, y estaba a las puertas de la muerte, aunque sólo ella lo sabía. Pero había esperado pacientemente esos diez años, a pesar de fuertes dolores crónicos, porque pensaba que era lo que debía hacerse. Nada fallaría en el primer contacto y una nueva era de prosperidad comenzaría allí, al unirse la raza humana y la de los gusanos, la tercera y la cuarta dimensión. ¿Cuántos secretos podrían compartir y qué incalculables beneficios surgirían de aquella negociación? Sólo Dios podía saberlo.

—Dicen: Te damos las gracias por tu amabilidad, Uxue —tradujo la voz de su ayudante pero no leyó la frase que seguía, que borró incluso del registro. En ella le agradecían los gusanos a él, personalmente, todos los servicios prestados, en todas las líneas de futuro, en todos los lugares y todas las épocas.

Vorbe Wusste hinchó el pecho, orgulloso.

—¿Algo más? —preguntó Uxue, cada vez más nerviosa.

—Ahora mismo está llegando nueva información — reveló Vorbe Wusste—:. Dicen: "Antes de sentarnos a hablar contigo y comenzar las negociaciones entre los seres de carne y de energía, queremos hacer una petición"

—Lo que sea —dijo Uxue, bajando la cabeza en señal de respeto, aunque sabía que ellos no sabrían entender su gesto.

—Ahora dicen... —la voz de Vorbe Wusste sonó dubitativa—. Espera. No. No sé, tal vez algo va mal con el traductor universal.

—¿Estás leyendo algún mensaje en la pantalla? — inquirió Uxue, ansiosa.

—Sí, claro —repuso Vorbe Wusste, con voz cada vez más turbada—, pero ya te digo que no puede estar bien.

—Léemelo y deja que yo lo juzgue —le ordenó tajante Uxue. No se dio cuenta que su ayudante apenas podía disimular una sonrisa, como si su gesto de desconcierto fuese una máscara con la que se vestía para que nadie se diese cuenta que no estaba sorprendido en absoluto de las palabras de sus amos.

Vorbe Wusste carraspeó y dijo una frase que incluso hoy cien años después, es objeto de polémica. La mayor parte de los historiadores creen que el ayudante de Uxue manejó incorrectamente el traductor, aunque las grabaciones del evento parecen demostrar lo contrario. Hay también quien postula que en aquel primer contacto la translación entre el lenguaje del gusano y el programa era aún imperfecta, y que algún aspecto de la frase o cómo se formuló hizo equivocarse al software. No importa, nunca lo sabremos. Lo único que está claro es que los instrumentos afirman que el Teseracto dijo:

—El pueblo del gusano les pide, encarecidamente, que no vuelvan a montar a uno de nuestra raza para ningún asunto relacionado con el fútbol. Y, por favor, dejen en paz de una vez la línea temporal que rigió la existencia del ser de carne llamado Alfredo Di Stéfano.

ADDENDA:

Una historia de amor más fuerte que el espacio y el tiempo

Caminaba por la calle pensando en el amor y la justicia.

Vorbe Wusste no era ningún sentimental. Pero tras años de trabajar para el Teseracto había desarrollado una extraña noción de lo que significaba el amor pero, sobre todo, del verdadero valor de la justicia. Había cosas que estaban bien y cosas que no, sencillamente. Y en toda aquella historia había algo que no estaba bien, que no era del todo justo.

Porque nunca se debe confiar plenamente en un teseracto. El pueblo del gusano podía tener el don de la exactitud, de saber cómo debían colocarse las piezas para que todo encajase y el universo se salvara. Pero carecían del único valor realmente admirable de la raza de los hombres: la humanidad, precisamente. Y eso era lo que fallaba en aquella historia: respeto al factor humano.

Llegó a la capilla de la familia Von Richtoffen al final del atardecer, cercana la puesta de sol. El cementerio, del que ni siquiera recordaba su nombre, estaba cerrado por una antigua muralla y pequeñas atalayas, a modo de torreones de imitación, se perfilaban en las sombras de la noche que se avecinaba.

—Le estaba esperando —dijo un hombre que emergió precisamente de esas sombras con una pala al hombro.

—Ah, es usted —dijo Vorbe Wusste, que tampoco recordaba el nombre de su interlocutor.

Tal vez aquella fuera una noche de olvidos. Hacía horas que la doctora Uxue estaba negociando con los gusanos Teseractos, sentando las bases del futuro de la civilización y de la raza humana. Pero Vorbe Wusste había conseguido, en medio de aquella vorágine, que se olvidasen de él. Había puesto a un subalterno al frente de la máquina de traducción. Luego cogió un avión hasta Alemania para colocar la última pieza de aquel rompecabezas. Precisamente la pieza más olvidada de todas. Pero para Vorbe Wusste una de las más importantes.

—Espero que tenga mi dinero —dijo el hombre de la pala.

Vorbe Wusste ni siquiera contestó y alargó un sobre. El hombre lo abrió. De forma somera contó el dinero y exhibió una sonrisa socarrona.

—Es un placer negociar con gente tan espléndida. La verja está abierta por si quiere pasarse a ver como ha quedado todo.

El hombre de la pala, el guardián del cementerio, se alejó con paso calmo internándose de nuevo en las sombras. Vorbe Wusste, por su parte, descendió los dos escalones que conducían a la capilla y apartó con la mano la verja que, en efecto, estaba abierta. La capilla de la familia Von Richtoffen era una bóveda grande y sombría. Ya casi había anochecido y por las ventanas ojivales penetraba una luz suave que confería a la estancia un aspecto irreal, casi fantasmagórico. Sobre un pedestal se hallaba el sarcófago de roca donde reposaba Wolfram Von Richtoffen, un hombre olvidado por el tiempo, por mucho que hubiera salvado a la humanidad y al propio tiempo.

Pero Wolfram sólo quería salvar a Pilar, su esposa, y al amor que ambos compartían. Por ello, detrás del sarcófago, en el suelo de piedra, yacía ahora un segundo ataúd, el de Pilar Urbizu, que Vorbe Wusste había hecho traer desde Madrid.

—A tus muchos juegos, argucias y disfraces ahora has añadido el oficio de profanador de cadáveres —se dijo Vorbe Wusste a sí mismo con una sonrisa en los labios.

Pero él no se sentía en realidad un profanador de cadáveres sino un hombre que hacía justicia. Pilar... la Pilar Urbizu de aquel tiempo y aquella línea temporal, nunca se había casado. Siempre proclamó que tenía la sensación de que nunca encontraría al hombre que estaba hecho para ella. Vorbe Wusste la conoció siendo una anciana de noventa años, solterona empedernida, en la época en que comenzó a trabajar para su hermana Uxue en el Proyecto Guernika. Le pareció una mujer triste, que tenía la sensación de estar viviendo una vida que no era la suya. Sólo Vorbe Wusste sabía que los gusanos le habían arrebatado el amor y la felicidad para salvar al universo. Y no era justo que una pareja que habían luchado (y perdido) tanto por amor no pudieran disfrutar al menos de aquellas migajas.

De una eternidad juntos.

—Ahora pasaréis la eternidad aquí juntos los dos —le dijo Vorbe Wusste a Wolfram y a Pilar. Estaba seguro que una parte de ellos, de su esencia, le estaban entendiendo—. Vuestras almas... nadie podrá separarlas en esta hora final.

Vorbe Wusste tuvo la sensación de que debía añadir algo más pero, de pronto, se sintió un extraño, un intruso en aquel lugar privado, como si allí estuviera de más, como si ya nadie debiera perturbar el sueño eterno de aquellos dos enamorados que jamás llegaron a conocerse.

Inclinando la cabeza, retrocedió muy lentamente, como si tuviera miedo de despertar a los muertos. Caminando de espaldas atravesó la verja y salió de la capilla. Cerró la puerta, que se encajó con un chasquido.

—Perdonadme —dijo por fin, en un susurro que se llevó el viento.

Exactamente diez minutos después, Vorbe Wusste abandonó el cementerio. Estaba en una calle oscura y mal iluminada en una ciudad alemana de provincias. Hacía frío y se subió el cuello de su abrigo.

Había compuesto el verdadero final de aquella historia y ahora tenía la sensación de que todas las piezas del puzzle estaban en su sitio.

—Una historia de amor más fuerte que el espacio y el tiempo —murmuró, meneando la cabeza.

Suspiró y se alejó callé abajo, en dirección al mañana.

FIN

Printed in Great Britain
by Amazon